AF588647

SOUVENIRS

LITTÉRAIRES

ET

POÉTIQUES

VERSAILLES. — IMPRIMERIE CERF, RUE DU PLESSIS,

SOUVENIRS
LITTÉRAIRES
ET
POÉTIQUES

DE

PAUL GACHOT

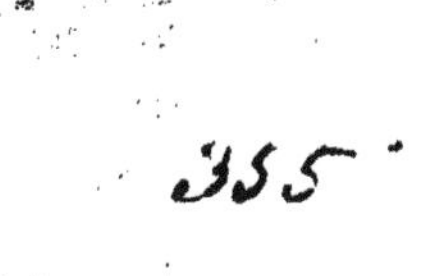

VERSAILLES
IMPRIMERIE CERF, RUE DU PLESSIS, 59

1862

AVERTISSEMENT

Ceci n'est pas un livre destiné au public, c'est un souvenir offert par une mère aux amis de son fils ; c'est une part d'héritage littéraire et poétique léguée par l'affection maternelle à ceux qui ont aimé Paul Gachot et auxquels sa mémoire sera toujours chère. Quelques-unes des pages imprimées ici paraîtraient peut-être, aux indifférents, faibles et peu dignes de voir le jour ; mais ce volume n'est pas destiné aux indifférents, et, d'ailleurs, on ne peut demander des œuvres parfaites à un jeune homme mort à moins de vingt ans.

On a inséré dans ce recueil la notice biographique que M. Bigot a consacrée à Paul Gachot, et qui a été lue dans une des séances de la *Conférence du Rez-de-Chaussée*. M. Bigot avait beaucoup connu Paul Gachot qui lui portait un tendre attachement ; il a finement apprécié cet esprit délicat et cette âme qui promettait d'être si belle ; les éloges qu'il donne ont été dictés par la vérité, et non par l'amitié et la flatterie.

Cette notice est suivie des paroles que M. Frary, l'ami, le condisciple de Paul Gachot à l'École normale supérieure, a prononcées sur la tombe, au nom des élèves de l'École, le 29 avril 1861.

Dans la disposition des pièces qui composent ce recueil, on a suivi l'ordre chronologique : les deux ouvrages en prose qu'on a placés les premiers sont deux travaux faits au lycée Louis-le-Grand et par lesquels Paul Gachot, quoique juge très-sévère pour lui-même, laissait voir quelque estime; il les avait revus avec soin. Dans tout le reste, une seule pièce avait été destinée à une sorte de publicité, c'est l'*Isthme de Suez*, sujet proposé par l'Académie française pour le prix de poésie. Les autres ne sont que des essais, des ébauches faites dans un quart-d'heure de loisir et que Paul Gachot désavouerait peut-être aujourd'hui. On les donne cependant, parce que ces productions spontanées laissent mieux voir le fond de son âme, et que ses amis, dans les vers imprimés ici, cherchent lui-même et non une œuvre littéraire.

PAUCA SODALI

NOTICE BIOGRAPHIQUE

SUR

PAUL-CLAUDE GACHOT

LUE PAR M. BIGOT

A la Conférence du Rez-de-Chaussée, dans la séance du 17 Novembre 1861

PAUCA SODALI

A LA MÉMOIRE DE PAUL-CLAUDE GACHOT

Messieurs,

Quand un jeune homme digne de regrets meurt, c'est à nous surtout, à nous jeunes gens, qu'il appartient de nous souvenir de lui ; non pas seulement parce qu'il a été ou aurait pu être notre ami, mais aussi par un sentiment de naturelle sympathie. Nous tous, qui ne sommes riches encore que d'espérances, comment n'être pas émus lorsqu'un jeune homme meurt et qu'il emporte avec lui dans la tombe ses espérances, ses rêves, dont il se composait un avenir éclatant ? Ne devons-nous pas garder sa mémoire et rendre au mérite qu'il promettait les honneurs qu'on rend, parmi les hommes, au mérite qui a fait ses preuves ?

Cette seule raison m'autoriserait à vous parler de Paul Gachot, mon condisciple au lycée Louis-le-Grand et à l'Ecole Normale, mort il y a quelques mois au milieu de ses succès. Plusieurs d'entre vous ont été ses camarades, quelques-uns ses amis ; tous connaissent son nom et savent quelles espérances, si jeune encore, il avait données. Mais un lien plus étroit le rattache à cette Conférence. Vous savez, Messieurs, qu'il avait souhaité d'être des vôtres, qu'il avait sollicité cette admission. Si la maladie ne l'eût pris, il serait en ce moment assis parmi nous. Souffrez que j'exécute, — autant qu'il se peut, hélas ! — l'un de ses derniers désirs. Recevez sa mémoire avec bienveillance, comme vous eussiez voulu recevoir sa personne.

Je ne chercherai point, en vous parlant de lui, à soulever ni à débattre des questions d'art ou de philosophie. Je voudrais seulement vous retracer la physionomie de cet ami qui n'est plus, vous le faire connaître et aimer comme je l'ai connu et aimé moi-même. Je vous raconterai les diverses phases par où avait passé son jeune esprit, j'essaierai de vous faire ce que j'appellerais volontiers *l'histoire de son âme*, si le mot n'avait quelque prétention. Je le ferai surtout, en vous lisant quelques-uns des vers dans lesquels ils retraçait ses émotions : car, Messieurs, j'étais trop modeste tout à l'heure en vous parlant seulement d'espérances : ce langage est bon avec les autres, mais, avec Gachot, nous pouvons parler de ce qu'il avait donné déjà.

Paul Gachot était né au Hâvre en 1842 : ainsi, il sortait à peine de l'adolescence lorsque la mort l'a enlevé ; il entrait à peine dans la vie. Sa première enfance fut mêlée à des voyages maritimes de son père. C'est dans la maison paternelle qu'il fit ses premières études, et rien ne fait aimer la famille comme d'y recevoir cette initiation aux choses de l'esprit, qui est le second lait des enfants. La nature lui avait donné dès l'enfance une activité presque fébrile. Elle y avait joint une mémoire merveilleuse. L'une remuait et scrutait toutes choses, l'autre retenait tout ce que découvrait la première. Paul avait un corps débile, sans nul goût pour les exercices physiques : son activité était toute dans l'esprit. Dans les choses de l'esprit même, tout ne l'intéressait pas. Il était peu sensible aux beaux-arts. C'est chose difficile d'ailleurs en province — et Paul Gachot y vivait alors — de donner beaucoup aux arts : les occasions manquent pour nourrir le sentiment esthétique par la contemplation des belles choses, même par la conversation. Ainsi, les circonstances et l'éducation concentrèrent son activité sur un objet unique : elles tournèrent vers la littérature tout ce qu'il avait reçu de vie, d'ardeur, d'amour du beau.

« Le trait caractéristique de cette enfance, » m'écrivait l'oncle aimé de Paul (1), « c'était une ardeur immodérée de » lecture qui dévorait tout, bon ou mauvais, sérieux ou futile. » Vers ou prose, histoire ou romans, contes de fées ou livres » d'enfants, tout lui était bon. Mais, par une précieuse faculté » de cette belle âme, il ne s'assimilait que le bon, le beau et » le vrai, comme l'abeille pour faire son miel. Le reste, » l'immoral surtout, ne faisait que le traverser. » Dans une pièce sur l'*Imagination*, Gachot se souvient de toutes les lectures de son enfance : il rappelle ces livres que nous avons tous lus, et tant aimés que nous serions en vérité capables de les lire encore :

Ces contes merveilleux qui charmaient mon enfance,
Ces récits où toujours triomphait l'innocence,
Crédule, j'y trouvais mon esprit et ma foi..... (2)

Cette activité tournée tout entière vers la lecture fit bientôt naître en Paul Gachot un immense amour de la littérature. C'était sa seule passion, mais c'en était une. D'ordinaire, les passions trop vives sont peu durables; celle-ci crût encore avec le temps. Il prenait intérêt à toutes les questions, il lisait tous les livres avec le même plaisir. Livres anciens, livres nouveaux, livres français, livres étrangers, rien ne lui était

(1) M. Toutain-Mazeville.
(2) Voir la pièce de vers n° XIV.

inconnu. Il lisait avec une rapidité qu'on eût pu dire effrayante, et qui lui permettait de perdre beaucoup de temps ; et cependant il retenait tout ce qu'il lisait. On eût dit qu'il sentait qu'il lui faudrait bientôt dire adieu à toutes les choses aimées, et qu'il eût hâte de vivre, de voir, d'apprendre, de connaître. Il avait, en dix ans, appris ce que la plupart des hommes mettent quarante et cinquante ans à acquérir. A seize ans, il pouvait converser avec des érudits. Il était impossible de soulever une question qu'il n'eût effleurée, de citer un ouvrage de valeur qu'il n'eût parcouru. Les livres étaient son bonheur, sa vie. Aussi aimait-il les beaux livres, comme les érudits. Il y employait tout l'argent de ses menus plaisirs. Il avait un flair exquis pour les déterrer, n'avait de repos qu'il ne les eût acquis. Mais ce n'était pas pour le plaisir seul de les contempler, comme cet ignorant dont parle Lucien, ou comme un maître sot que j'ai connu.

Il avait arrangé sa vie en conséquence de cet amour pour l'étude et les livres. Il avait choisi l'enseignement que son savoir eût honoré. Il savourait le calme et la vie studieuse de l'Ecole Normale. Dans cette école où plusieurs souffraient du manque de liberté, de la gêne où étaient mis, et leur imagination qui voulait courir, et leur corps qui demandait du mouvement, lui s'épanouissait parmi les livres. Sa mère était jalouse de l'École Normale. Elle me l'avouait un jour, en grondant Paul, comme une mère sait gronder son fils. Ses conversations étaient littéraires ou le devenaient bientôt; il aimait les discussions sur le mérite des écrivains. Je me souviens encore de ces heures où le profit était le plus souvent pour son interlocuteur. Nous différions souvent d'opinion, mais nous étions heureux de nous rencontrer dans nos affections, dans nos prédilections parfois, dans notre enthousiasme commun pour le prince du théâtre français, Corneille, notre compatriote à tous deux. Il aimait tant la littérature, que la maladie même ne put arrêter ses lectures. Il épuisait les cabinets de livres, les bibliothèques. Je me souviens de la dernière fois que je le vis debout. Il me montra des satires et des épigrammes de Régnier, de belles scènes de l'*Agamemnon* de Lemercier. Il essaya de lire, mais se sentant épuisé, il me pria de poursuivre. Il voulait encore entendre les beaux vers animés par la voix ; en jouir par l'oreille comme par ses yeux.

Cette activité, nourrie par une lecture assidue, amena ce qui en était la conséquence, une facilité merveilleuse pour le travail : et celle-ci, sa suite obligée, le succès : succès en province ; succès à Paris où il vint bientôt ; succès de lycée à Louis-le-Grand ; succès de concours à la Sorbonne. Comment lutter contre lui ? Il se servait à la fois de l'esprit des autres et du sien ; bien de tous deux, mais encore mieux et plus souvent de celui des autres. Il était un des élèves les plus brillants ; ses compositions abondaient de traits que sa mémoire lui fournissait sur tous les sujets. Il retenait les vers bien frappés de ses camarades, ceux de ses maîtres, et savait s'en souvenir. Il fournissait de lui-même le fil à lier toutes ces fleurs, comme parle Montaigne. Tout le monde était surpris et de son extrême jeunesse et de la richesse de ses connaissances. On ne l'était pas moins de la rapidité avec laquelle il faisait ses compositions, avec laquelle il embrassait un sujet, coordonnait ses idées, et leur donnait une forme régulière et nette, souvent brillante. Il faisait ses vers, ses discours, sans raturer, à la hâte, comme il faisait tout ; en homme pressé d'en finir et de passer à autre chose. On eût pu le définir, sans trop de parti pris : une mémoire au service d'une activité maladive, en un mot, un écolier parfait.

J'insisterai peu sur cette période brillante de la vie de mon pauvre ami. Je ne suis pas de ceux qui font grand cas des succès de collége. Je crains qu'ils ne soient trop souvent décernés à la mémoire. Je les respecte pour ce qu'ils peuvent présager, non pour ce qu'ils sont. Si Paul n'eût été jamais que ce qu'il était alors, je laisserais à un autre le soin de vous parler de lui. Ce n'est pas le nombre des choses inscrites au catalogue de la mémoire d'un homme qui fait sa valeur à mes yeux. Je ne compte comme siennes que les idées qu'il a découvertes par l'effort de son esprit, ou qu'il s'est appropriées par la méditation. Paul Gachot avait trop lu alors, trop peu médité sur ses lectures. Il inclinait sous le nombre et le poids des idées. Il flottait ébloui au milieu de tous les objets entrevus, ne sachant auxquels se fixer. Par un rare privilége, par un heureux effet de la bonté de son éducation et de la douceur de sa nature, sa vie et son caractère restèrent purs toujours; mais, sur bien des choses, son esprit hésitait. La personnalité n'était pas encore formée.

A ce moment, Paul Gachot faisait déjà des vers : il en faisait depuis longtemps ; des vers corrects, clairs, limpides, harmonieux souvent, faciles toujours. Il en faisait sur toute chose, à toute heure. Il faisait des bouts-rimés, presque dans le temps qu'on lui jetait les rimes. Il eût pu renouveler les merveilles des *Improvvisatori*. Que dites-vous, Messieurs, de cette scène de printemps :

Ondulez, épis..... (1)

Ces vers sont coulants ; quelques-uns gracieux. On en a imprimé de plus faibles. Eh bien ! Messieurs, c'est un bout-rimé. Les rimes étaient données, leur ordre réglé, la longueur de chaque vers indiquée en marge. Le tout est jeté au dos d'un méchant brouillon.

On louait Paul Gachot de cette facilité : il en était fier lui-même : je ne l'en louerai pas. On ne fait facilement que des vers d'écolier et ceux-là sont de la versification. Les vers vrais et

(1) Voir la pièce de vers n° XVIII.

beaux sont ceux qui rendent l'énergie d'une passion ou la nuance d'un sentiment, les vers qui sont un écho pur et sonore de la fibre intime vibrant en nous. Aussi se font-ils lentement et difficilement. Gachot pouvait devenir poète : mais il n'était pas poète encore. Le poète est celui qui exprime, non celui qui se borne à sentir. Paul Gachot avait la pureté du cœur, la sincérité des affections; mais, incapable encore de s'analyser lui-même, quand il voulait se peindre, c'est à la mémoire, non à la conscience qu'il demandait les traits. On lui pardonnait, comme on pardonne à un enfant d'exprimer, par un compliment appris, un sentiment vrai, mais qu'il ne pourrait rendre dans un langage à lui. Lui-même, plus tard, peu de mois avant sa mort, dans quelques-uns de ces vers qu'il aimait à mêler à ses lettres, en me parlant de son amitié, exprimait d'une façon touchante cette difficulté douloureuse du jeune adolescent à rendre sa pensée, difficulté dont alors il ne lui restait plus que le souvenir :

Hélas ! je ne sais pas parler comme mon cœur, etc. (1).

A cette époque de sa vie, Paul Gachot avait une seule chose originale : de l'esprit, beaucoup d'esprit. Cet esprit venait encore de cette activité dont je vous ai parlé. Il est impossible d'avoir l'esprit très-vif sans être spirituel. Quand on voit tant de choses, on ne peut s'empêcher de saisir les rapports des objets : et c'est presque toujours de rapprochements ingénieux, délicats, inattendus, que jaillit l'esprit. Nul homme n'a eu en France un esprit aussi vif que Voltaire ; et c'est pour cela que Voltaire a eu tant d'esprit, presque autant d'esprit que tout le monde ensemble. Gachot avait de l'esprit, et cela augmentait ses succès d'écolier. C'est la seule originalité que le maître permette, la seule que goûtent les

(1) Voir la pièce de vers n° XI.

condisciples. Paul raillait et finement. Ecoutez ces vers à Alphonse Karr :

Le sort m'a fait naître Havrais,
Havrais seulement de naissance :
Car, mettre mon esprit en frais
Pour acquérir force finance,
La bonne et sage Providence
M'en fit incapable à jamais,
Et je vois ce malheur avec indifférence.

Quoi de plus malin que ces vers de la même pièce?

Le dimanche d'abord, mes chers concitoyens
Se plaisent à montrer leurs palais magnifiques.
Si l'art grec renaissait, ils auraient des portiques (1).

Il avait vu, Messieurs, comme plusieurs de nous, ces richards de commerce qui aiment surtout, non le luxe commode, mais le luxe dont on parlera, et jettent en livrées, en harnais, en décorations de mauvais goût, les millions trouvés dans le calicot ou dans la flanelle.

Je pourrais vous montrer une autre pièce satirique, intitulée *Petite conversation avec un grand homme.* Vous trouveriez des coups de plume d'une causticité rare. Mais les petites inimitiés ne passent point la mort ; et je suis heureux de vous dire que celle-ci resta en deçà. En louant l'esprit d'ailleurs, j'aurais à en blâmer l'emploi. Toute satire personnelle me paraît mauvaise. Paul Gachot lui-même, l'heure

(1) On n'a pas inséré cette pièce que Paul Gachot n'a pu finir.

de la passion disparue, jugeait en cela comme moi, et il me saurait gré de ma discrétion (1).

Mais je veux vous lire un sonnet sur l'apparition d'un journal qui se prétendait novateur. J'avoue, Messieurs, que j'ai eu quelque sympathie pour ce journal; non pour ce qu'il faisait, mais pour ce qu'il voulait faire. Je puis parler ainsi maintenant qu'il n'est plus. Voici ce sonnet. On met plus souvent dans un sonnet des madrigaux que des épigrammes: celui-ci ne perd rien pour sortir du genre.

(1) On croit cependant pouvoir citer les vers suivants, qui ne sont pas les meilleurs de la pièce :

. . . .
. . . .
Explique-moi comment, trop fier de ta laideur,
Tu jugeas que l'esprit te dispensait du cœur :
Heureux de conquérir le triste privilége
D'avoir pour ennemis tes amis de collége ;
Comment, d'un air cafard et d'un ton doucereux,
Tu brouillas les amis, parfois les amoureux,
Détruisant un bonheur qui faisait ton envie,
Et quand le vrai manquait forgeant la calomnie !
. . . .
. . . .
Explique-moi comment stérile, quoique auteur,
Tu te crus un poète et fus un rimailleur :
Aux vers que tous louaient refusant tes suffrages,
Furieux d'admirer seul tes tristes ouvrages ;
Comment tu te vengeais par des rires mordants
De la muse échappée à tes bras languissants......
. . . .

Il ne faut voir, dans ces traits si mordants, qu'un jeu d'esprit ou tout au plus une boutade. Gachot traitait comme un de ses amis celui auquel il demande ces éclaircissements, et rien n'était plus éloigné de son cœur, que le mensonge et la médisance. Le *grand homme* ne s'est pas offensé de cette satire, c'est lui qu'il en faut croire sur les sentiments de Paul Gachot. *(Note d'un ami de Paul Gachot.)*

Un enfant vient de naître : assez laid, marchant mal... (1).

Il y a là quelque chose de la raillerie fine et mordante de Musset.

Mais l'esprit ne suffit pas à faire une personnalité vive, attachante. C'est que l'esprit en l'homme est l'accessoire, non le principal. Maintenant, Messieurs, nous allons assister une transformation. Nous allons voir ce que la nature avait mis en ce jeune homme de personnel se développer et se dégager des éléments étrangers. Le vrai Gachot va se manifester, celui que j'aime, celui que vous aimez déjà, sous le double influence de l'âge et de la maladie; l'âge qui développe, la maladie qui précipite le développement. Par l'effet de l'âge, nos facultés, comme nos organes, deviennent plus robustes, notre raison plus nette. Les sentiments plus vifs élèvent la voix et nous rappellent à nous-mêmes. Dans l'enfance, nous nous répandons au dehors : l'adolescence nous fait rentrer en nous. Paul Gachot sentit alors, comme chacun de nous, Messieurs, quelque chose d'inconnu fermenter en lui. Il commença à réfléchir plus attentivement qu'il n'avait fait. Il comprit ce qu'est la vie intérieure. Sa maladie, dont il sentit alors les premières atteintes, le poussa aussi dans cette voie. Elle lui imposait des heures de repos où il se trouvait en tête à tête avec lui-même. Elle calmait ces désirs intempérés, ce trouble de la vie qui nous arrache sans cesse à nous-mêmes. Il eut une attaque sa violente, durant sa seconde année de rhétorique. Il nous manqua une partie de l'hiver. Il se remit pourtant, en apparence du moins ; car la maladie gagnait et minait sourdement la poitrine. Il eut dès-lors dans l'esprit quelque chose de mélancolique ; il commença à exprimer les nuances de ses sentiments. Il fit ses premiers vers

(1) Voir la pièce de vers n° XIX.

empreints d'une vraie poésie. Voici un morceau qu'il composa alors : c'est une traduction d'une pièce de Charles Volfe. Veuillez noter, Messieurs, qu'on peut faire œuvre personnelle dans une traduction. Il suffit de sentir, après l'auteur qu'on traduit, chacune des pensées qu'il a exprimées. Cela exige une grande souplesse, mais qui peut se rencontrer en un esprit délicat. Il y a de la mélancolie avec de la grandeur dans ce récit des funérailles de sir John Moore, tué en 1809 en Espagne. Ces vers feront songer plusieurs de vous à une scène qui, avec d'autres circonstances, ne fut ni moins lugubre, ni moins solennelle.

Quand nous portions son corps, etc... (1).

C'est depuis ce moment, Messieurs, que Paul Gachot se montra tout entier et qu'on put l'apprécier à sa valeur. Il gardait toute sa vivacité, tout son esprit. Le sonnet que je vous ai lu tout à l'heure est de la dernière période de sa vie. Il lisait encore plus que personne, mais il ne lisait plus exclusivement, et, quand il écrivait, il mettait du sien, beaucoup du sien, en attendant que presque tout en fût, comme cela doit être chez un littérateur. Il avait de l'élévation dans l'esprit. Il rencontrait des traits heureux et fiers. Le génie des contrastes qu'il possédait à un degré éminent lui fit souvent trouver de ces effets puissants qui ont fait la gloire de deux des maîtres de la scène française. Je vous lirai une page de son poème sur l'*Isthme de Suez*. Vous y trouverez des vers que le Hugo des *Odes* n'eût pas désavoués. Paul Gachot avait fait ce poème pour le concours de poésie de cette année. Quand l'Academie jugea l'œuvre, l'auteur n'était plus de ce monde. Je vous parlerai peu de cet ouvrage, Messieurs, quoique ce soit le plus considérable que mon ami

(1) Voir la pièce de vers n° IX.

ait entrepris. J'aime peu les poèmes académiques, précisément parce qu'il est très-difficile d'y mettre quelque chose de soi. D'ordinaire, ne sachant que dire, on y fait de la chaleur à froid, et on abuse des points d'exclamation, cette plaie de la poésie lyrique. On fait un dithyrambe pour l'Académie, comme, en rhétorique, une pièce de vers latins pour son professeur. Paul Gachot fit, pour cette œuvre, une dépense d'efforts, de talent même, que ni le sujet, ni l'occasion ne méritaient. Son portrait du désert et de l'Egypte est tracé avec énergie. Évidemment, il avait éprouvé une émotion forte avant d'écrire ces strophes :

Sur ces champs désolés pèse un morne silence :
L'humanité finit où le désert commence;
Tombeau des voyageurs, empire de la mort!
L'Arabe seul, pour qui les périls sont des fêtes,
Ose toujours braver les brûlantes tempêtes
De ces mers qui n'ont point de port.

La terre, à l'occident, s'aplanit et s'abaisse,
Le sable envahisseur de trois côtés la presse;
L'eau féconde du ciel ne l'arrose jamais.
Pourtant ce fut jadis une heureuse contrée,
Où, deux fois l'an, croissait une moisson dorée :
Au Nil elle dut ces bienfaits!

Car c'est l'Égypte, où tout est mystère et ténèbres,
Où dorment, entourés de leurs grandeurs funèbres,
Les temples et leurs dieux, les morts et leurs tombeaux!
Ses beaux jours ne sont plus : fidèle à leur mémoire,
Elle dédaigne, au nom de son antique gloire,
La gloire des peuples nouveaux!

Vous êtes délaissés dans vos profondes salles,
Sombres dieux de granit, aux formes colossales,
Que les prêtres ont faits, que la foule adorait!

A vos côtés le sphinx, énigme symbolique,
Défiant l'avenir d'un regard ironique,
Des siècles garde le secret !

Et vous, qui dominez ces rivages arides,
Monts que l'homme a créés, superbes pyramides,
D'une race détruite immortels monuments :
Vous voyez à vos pieds, le front inébranlable,
Les villes s'écrouler : vous résistez au sable,
A l'orage, à l'effort des ans !

Dites combien de rois, trop fiers de leur puissance,
Illustres un moment, ont cru, dans leur démence,
Que le temps ne pourrait effacer leur renom !
De l'univers, du sort, ils s'appelaient les maitres !
Et, sous vos noirs arceaux rejoignant leurs ancêtres,
Sont devenus des morts sans nom ! (1)

Dans ces vers, il en est de fiers. Cependant l'élévation n'était point le trait principal du génie de Paul Gachot. Il faut, pour soutenir l'énergie de l'intelligence, une certaine vigueur physique que notre ami n'avait pas. La maladie appauvrissait en lui les sources de la vie, et, jour par jour, minait son être. Il avait surtout, dans le talent, quelque chose de fin, de délicat, de coquet même. Ce qui dominait dans ses vers, c'était la grâce. Il était facile de reconnaître en lui un élève de Musset, mais d'un Musset pur, toujours plein de délicatesse morale. Voyez ces deux quatrains :

Que ne suis-je le doigt si blanc,
Qui dans tes noirs cheveux se joue,
Et, les courbant légèrement,
Forme les boucles sur ta joue !

(1) Voir la pièce de vers n° XIII.

Que ne suis-je le pied mutin,
Dont la provoquante finesse,
Sous son vêtement de satin,
Laisse deviner la déesse !

Je veux encore, pour vous montrer toute la finesse de cet esprit, vous lire ces vers adressés à une personne jeune et aimable.

Votre front gracieux de jeunesse rayonne... (1)

Ces vers font penser à la charmante pièce de Musset sur le même rhythme :

Si je vous le disais pourtant que je vous aime, etc.

Notre ami fait un déclaration d'amitié, passez-moi ce mot, Messieurs, aussi délicatement que le grand poète une déclaration d'amour.

Je vous ai promis de m'occuper peu de questions d'art. Je ne puis m'empêcher pourtant de remarquer quels progrès il avait faits dans l'art d'écrire. Sa phrase est leste, vive, dégagée d'allure. Plus de lourdeurs dont la faute est à la mémoire ; plus de détails inutiles ou de mots qui se heurtent. Tout est fondu, tout est écrit dans la nuance qui convient. C'est, Messieurs, qu'on est bien près d'être artiste, quand on exprime fidèlement ce qu'on sent. La nature fait bien ce qu'elle fait, et, dans toutes ses œuvres, le beau accompagne le vrai.

Ce qui est remarquable dans les dernières productions de Paul, plus encore que l'harmonie des vers et la délicatesse du goût, c'est la pureté et la candeur du sentiment. C'est ce qui ne nous laissera jamais nous consoler de la mort de cet

(1) Voir la pièce de vers n° XXI.

ami. Il conservait dans ses affections la naïveté d'un enfant ; mais cet enfant avait enfin trouvé une voix à lui pour s'exprimer, et son langage avait une douceur pleine de charmes. Quel jeune homme a passé l'adolescence sans éprouver les premiers émois du sentiment qui anime la vie, et donne à toutes nos facultés un essor nouveau, qui sonne, en chacun de nous, les heures les plus solennelles de l'existence? Laissez-moi vous lire ces vers de notre ami.

Si j'étais le ruisseau, dont l'onde fugitive... (1)

Cela est délicat, cela est touchant. Eh bien! Messieurs, savez-vous à qui ce sonnet est adressé? Je lis sur la feuille où je le trouve : *Billet sans adresse*. Ce titre ne pourrait étonner que ceux dont le cœur, blasé déjà, n'entend plus la naïveté des sentiments. Ceux qui ont le cœur pur savent que le poète, jeune et chaste, aime et chante déjà; que loin d'étouffer les sentiments naissants, il les nourrit et se plaît à les entourer d'harmonie, mais il aime l'idéal, cette maîtresse toujours plus aimée des jeunes gens vertueux, et c'est elle qu'il chante.

L'amitié est un des sentiments que Paul Gachot connaissait le mieux. Il était plein de dévouement, d'attentions délicates, de zèle, je parle par expérience. Mais toutes ces vertus, qui tiennent tant de place dans la vie, et, pour nous qui l'avons connu, dans les souvenirs du cœur, n'en peuvent tenir ici que bien peu.

Il était fils dévoué, reportant sur sa mère toutes ses affections de famille, et je veux vous montrer des vers qu'il écrivait pour cette mère, le 31 mars dernier, moins de quatre semaines avant sa mort. Il supposait l'Ange gardien et le Génie de l'or auprès d'un berceau et se disputant l'enfant qui vient de naître. Il terminait ainsi :

(1) Voir la pièce de vers n° XX.

Ils s'envolaient : et lui, sorti de son sommeil,
N'entendit plus leur voix, ne vit plus leur lumière :
Mais un visage ami sourit à son réveil ;
L'enfant crut voir encor l'ange : c'était sa mère... (1)

Il y a dans cette pièce, Messieurs, d'autres vers bien touchants, et que je ne puis lire sans émotion ; ces paroles de l'Ange gardien :

Tes jours seront heureux si ta vie est sans tache...
La souffrance est au cœur où le remords se cache.

Il se trouvait donc heureux, lui qui allait mourir, lui que non-seulement la souffrance avait pris, mais que la mort allait prendre, lui auquel chaque jour elle donnait une nouvelle secousse pour le détacher du rameau de la vie. Il était résigné ; et, avec sa conscience pure, il trouvait légers les maux présents, même ce passage si amer qu'il dut entrevoir plus d'une fois. Quand il se regardait au miroir et se trouvait chaque jour plus maigre, maigre à faire peur à lui-même ; la figure blême, les mains qui tremblaient, la voix qui, à chaque effort, lui déchirait la poitrine ; il dut plus d'une fois être pris d'un accès de désespoir, se prendre de fureur contre cette fatalité qui l'emportait, qui, entre tant d'autres, le choisissait comme une victime... Eh bien ! non, Messieurs, et c'est alors qu'il écrivait ces vers :

Tes jours seront heureux si ta vie est sans tache...
La souffrance est au cœur où le remords se cache.

L'Ange disait encore :

Cette pure lumière, enfant, qui t'environne,
Tel est le vêtement qu'ignore l'œil humain,
Mais que voit le Seigneur, dont le juste rayonne !...

(1) Voir la pièce de vers n° XXV.

Il rayonnait déjà de cette lumière, lui, si pur, si ce n'est pas une vaine parole celle de la sagesse antique : « Ceux-là sont aimés des dieux qui meurent jeunes. »

Sérénité, résignation, telle était la tournure générale de ses sentiments. Tels sont les caractères de sa poésie, à la dernière époque de sa vie. Il est tout entier dans ce mot : mélancolie. C'est la mélancolie qui a inspiré à la plupart des poètes leurs vers les plus touchants : à Virgile, à Lamartine, à Musset, au chantre d'Olympio lui-même. Je ne vous lirai plus que quelques vers, Messieurs, quelques vers adressés par Paul Gachot à un ami qui l'avait visité. Vous trouverez, sous chaque mot, une larme pleurée; une illusion, longtemps gardée, enfin perdue; un désespoir contenu; une souffrance savourée amèrement; une résignation qu'on ne saurait voir sans être attendri.

LE RAYON DE SOLEIL

Un prisonnier, au fond de sa cellule obscure,
Traînait péniblement le fardeau de ses fers,
Mêlait, dans sa pensée, au deuil de la nature,
Son deuil, les maux présents, les maux déjà soufferts... (1)

J'ai gardé cette pièce, Messieurs, pour la dernière : non seulement parce qu'elle fut en effet la dernière, mais aussi parce qu'elle réunit toutes les qualités de notre ami : délicatesse de l'esprit et délicatesse de l'âme : grâce exquise de la forme et charme ineffable du sentiment.

Le reste, vous le savez. La maladie alla vite en besogne. Paul avait toujours été si frêle, que la mort eut bientôt fait son œuvre. Il déclinait jour par jour, ne le sentant pas, calme, heureux. Il avait toujours eu la foi des enfants : la foi ne l'abandonna pas; et, quand sa tête s'inclina, elle lui fit un

(1) Voir la pièce de vers n° XXVI.

oreiller où il put doucement la poser et s'endormir. Il s'en alla dans le beau mois d'avril où tout renaît : avec les dernières violettes, avec les premières roses. Un dimanche matin, j'allai chercher de ses nouvelles. Il y avait une heure qu'il n'était plus. Il était parti sans effort, comme un fruit qui se détache, comme une fleur qui s'incline. Je l'ai vu une dernière fois. Sa figure était belle dans la mort, rayonnante de cette splendeur dont il nous parlait tout à l'heure. J'ai vu sa mère, pauvre veuve, pauvre mère, qui survivait comme Rachel, et ne pouvait se consoler. Ce jour-là j'ai pu comprendre que l'amertume de la mort n'est pas pour celui qui part.

Le lendemain, nous conduisîmes Paul au cimetière. Nous étions là tous; ses amis, ses camarades, ses maîtres, présents au rendez-vous suprême. Je me souviens que c'était une après-midi de printemps; que les feuilles commençaient à pousser; que la voiture allait lentement. Je me souviens que la bière, descendant dans le caveau, heurta les parois avec un bruit sourd: qu'en jetant de l'eau bénite nous étions tous mornes. Le reste est un mystère intime entre l'ami qui passe et l'ami qui demeure.

En revenant au travers du jardin du Luxembourg, un de ceux qui, avec moi, l'avaient le plus aimé, me parlait tout ému. « Pauvre ami ! disait-il, il en sait plus que nous maintenant sur l'homme et sur sa destinée. » Croyez-moi, Messieurs, Gachot ne s'était pas trompé dans ses espérances. Si l'autre vie était une illusion, la mort d'un jeune homme crierait malédiction au ciel. Paul Gachot n'avait laissé échapper qu'une parole, mais bien profonde, bien amère. « Oh ! maman, s'était-il écrié le jour même où il allait mourir, tu es heureuse, toi; tu vis ! » La vie, en effet, Messieurs, pour le jeune homme, c'est plus que la richesse, plus que le plaisir, plus que la gloire. C'est l'instrument de toutes ces choses. Qu'il vive et il sera heureux; qu'il vive et il sera glorieux ! Mais mourir, et ne pouvoir arrêter la mort; mourir, quand on n'a rien fait pour mourir ; mourir, quand on se sent quelque chose là, comme disait Chénier, et quand on a jeté tous ses rêves, tout son être dans cet avenir que le destin nous arrache! Mourir tout entier, sans compensation!... Cela ne se peut, Messieurs; car il y a un Dieu. Oui, Paul Gachot vit : il vit dans un monde meilleur.

Et voilà, Messieurs, par où je voulais finir. Je voulais vous laisser à tous une pensée, grave, consolante, profitable; cette grande pensée qu'a si bien exprimée Chateaubriand : « Il y » a dans la tombe une grande vision de l'Éternité. »

PAROLES PRONONCÉES PAR M. FRARY

SUR LA TOMBE DE P. GACHOT

Avant que la terre soit retombée sur notre aimable et malheureux ami, je viens lui adresser ces derniers adieux, au nom de tous ses camarades, de tous ceux qui l'ont connu et aimé. Pendant sa vie si courte, la sympathie la plus vive et la mieux méritée l'a toujours entouré. Il était l'orgueil et la consolation de sa mère, la gloire de notre lycée Louis-le-Grand, où il avait fait de si fortes études, et dont il avait si bien soutenu la réputation dans les concours de la Sorbonne. Il venait d'entrer à l'École Normale, où l'appelaient son goût et ses succès, où il inspirait la plus sincère affection à tous ceux qui ont pu le connaître, et je ne parle pas seulement de ses camarades. Mais Dieu n'a pas voulu que des espérances si belles et si légitimes fussent réalisées. Ni sa jeunesse, ni l'affection de sa famille, ni les pleurs et les prières de tous ceux qui l'aimaient, n'ont pu le sauver. Une mort lente et inévitable a interrompu cette vie à peine commencée, déjà si brillante, et l'a jeté, à dix-huit ans, dans cette tombe autour de laquelle nous le pleurons.

Reçois nos derniers adieux, ami bien-aimé; ton âme, aujourd'hui délivrée des liens de cette terre, ne sera pas insensible aux larmes que nous versons sur ta destinée; tu nous verras, de ton heureux séjour, conserver toute notre vie la mémoire de ton nom et de tes aimables vertus, avec l'amer regret de tout ce que la mort t'a empêché de faire pour l'exemple de tous.

PROSE

I

Lettre de Louis XVI à l'Assemblée nationale, pour demander l'appel au peuple.

COMPOSITION FRANÇAISE FAITE EN RHÉTORIQUE AU LYCÉE LOUIS-LE-GRAND

MESSIEURS,

La Constitution avait mis à l'abri de tout danger, de toute accusation, ma personne et mes actes; cependant, vous m'avez accusé, vous m'avez jugé, vous m'avez condamné à mort. Appelé devant vous à répondre de ma conduite, je n'ai point refusé de me défendre; je n'ai point, au nom des droits que vous m'aviez reconnus, au nom de vos propres lois, décliné votre compétence; j'ai exposé et justifié mes actions comme un accusé! Condamné, je viens aujourd'hui demander l'appel au peuple.

Votre assemblée, Messieurs, pouvait me juger, je vous l'accorde; mais comment m'avez-vous jugé? Les lois de l'équité, les règles de la justice ont-elles été fidèlement observées? Mon opinion doit vous être suspecte, mais j'en appelle à votre conscience. Dans ce procès, tout est-il juste, tout est-il légal? Vous aviez porté ce décret : « Le roi n'est pas responsable de ses actes, le roi est inviolable. » Vous avez jugé ma conduite, vous avez condamné ma vie; j'avais le droit de récusation, vous l'avez méconnu. La majorité des deux tiers pouvait seule être valable : avec quelques voix de majorité, vous avez prononcé mon arrêt. Le vote devait être secret pour être libre : par le vote public, vous avez forcé une partie des membres à parler contre leur conscience. Messieurs, dans les causes ordinaires, un vice de forme, une erreur détruit le jugement; dans cette cause qui, j'ose le dire, intéresse la France entière, avez-vous le droit de violer les lois? Devez-vous être injustes, parce que l'accusé a été votre roi? Devant un tribunal, tout citoyen français est protégé par la loi : la loi le punit s'il est coupable, mais elle l'absout s'il est innocent, et toujours elle lui promet un jugement fondé sur les principes de la justice, écrits dans la Constitution. Messieurs, ne suis-je pas citoyen français? Ce procès est en dehors des causes ordinaires, mais il n'est pas en dehors de la loi, puisque la loi est toute-puissante, puisque tous les Français doivent lui obéir et ont le droit de l'invoquer!

Oui, Messieurs, la loi seule peut disposer de ma vie; dans les circonstances extraordinaires d'un procès sans exemple en France, vous avez dû me juger froidement, sans intérêt, sans passion; vous avez dû seulement appliquer la loi! Roi de France, héritier de mes aïeux, j'avais accepté une Constitution qui ne me laissait que le pouvoir d'exécuter les volontés du peuple, qui faisait de moi le premier ministre de la nation; vous avez voulu faire disparaître après la monarchie, son ombre; après la royauté, le roi! Privé de mon autorité, captif, vous m'avez accusé; vous m'aviez ravi ma puissance, ma liberté; vous avez attaqué ma vie. L'Europe voit avec effroi un souverain détrôné, emprisonné, jugé par ses sujets. Les principes respectés depuis tant de siècles, le droit divin, les institutions de la monarchie, tout est détruit en un jour. Vous proclamez que le peuple est souverain et confie ses intérêts à des citoyens qui doivent lui rendre compte de leur administration, qu'il a le droit de leur ôter leur charge quand il lui plaît, qu'il peut les punir s'ils lui ont paru des serviteurs infidèles. Vous abolissez la royauté, vous fondez la république, et, pour briser tout lien entre l'ancienne monarchie et la France nouvelle, vous jugez votre ancien roi! Messieurs, une telle révolution ne s'accomplit pas sans agiter tous les esprits, sans soulever des tempêtes, sans enflammer toutes les passions. L'époque où apparaissent tant d'idées, tant d'institutions nouvelles est nécessairement pleine de troubles et d'excès :

la violence des partis franchit toutes les bornes, et, en détruisant un gouvernement, viole les principes éternels du droit et de l'équité! A cette heure, la France lutte contre l'Europe armée pour rétablir les institutions antiques; cette guerre pour leur liberté nouvelle ne doit-elle pas pousser tous les esprits à une exaltation dangereuse, qui ne leur permet pas d'écouter la voix de la justice? Je sais, Messieurs, que vous avez voulu être justes, que vous avez voulu juger selon votre conscience; mais l'enthousiasme des opinions, l'entraînement de la passion peuvent égarer l'esprit malgré lui et lui faire prendre des résolutions extrêmes, qu'il croit justes et qui sont arbitraires! Pour être un juge équitable, il ne faut avoir d'autre parti que la loi : Messieurs, pouviez-vous être mes juges?

Vous deviez donc, Messieurs, laisser de côté toute passion, ne prendre que la loi pour guide et observer toutes les formes judiciaires. Mais, Messieurs, dans le premier moment, où les fureurs politiques ont tout leur emportement, la justice ne peut être entièrement respectée : votre premier jugement devait être plus passionné qu'équitable! Dans les affaires privées, un jugement en première instance n'est pas sans appel : il est examiné par de nouveaux juges, qui le confirment ou l'annulent. Quoi! Messieurs, dans une affaire où tous les citoyens ont leur opinion, leur parti, où toutes les haines, toutes les rivalités, tous les intérêts sont en présence, vous jugerez sans appel! Votre arrêt, où la passion aura nécessairement pris part aux dépens de la justice, sera reconnu infaillible, sans examen! Non, Messieurs, vous ne pouvez le croire, et la France ne doit pas le penser! Mais à qui en appeler de la sentence portée par les mandataires du peuple? Messieurs, j'en appelle au peuple lui-même. Lorsque j'ai accepté la Constitution, j'ai reconnu la souveraineté du peuple : qu'il me juge, qu'il confirme ou qu'il rejette votre jugement! Je sais que bien des factions sont conjurées contre moi, que mes ennemis excitent le peuple à demander ma perte. Mais je compte sur les sentiments d'équité naturelle que les Français peuvent oublier un instant, mais qu'ils ne peuvent étouffer dans leur cœur; je compte sur la raison, sur la justice du peuple, revenu de ses premiers emportements. Il jugera ma vie, il verra, je l'espère, que si j'ai pu me tromper, du moins j'ai toujours cherché le bien de la France, que je n'ai jamais reculé devant aucun sacrifice, devant aucun danger pour la servir. Il reconnaîtra que sa liberté ne doit pas être souillée de sang, que la république qu'il fonde n'a pas besoin de commencer par la mort de son ancien souverain. Telle est mon espérance, Messieurs, telle est la demande que je vous adresse; c'est à vous de l'accepter ou de la rejeter!

Mais ce n'est pas, Messieurs, le désir de conserver des jours malheureux qui m'engage à cette démarche; je supporte la vie, j'attends la mort sans crainte. J'ai reçu votre arrêt sans trouble, préparé d'avance à ma destinée, mais je dois défendre des intérêts plus sacrés que le mien. La loi éternelle de la justice, que Dieu a mise dans toutes les âmes, serait outragée si je périssais sans en avoir appelé à d'autres juges de votre jugement. Moi-même, je ne pourrais me taire sans honte : garder le silence, ne pas réclamer contre mon arrêt, ce serait me reconnaître coupable! Si vous refusez, Messieurs, prenez garde de compromettre l'honneur de la nation et le vôtre. On dira que le peuple français a abusé de sa liberté, a fait condamner son ancien roi et a refusé de l'entendre! On dira que vous avez compris que votre arrêt était injuste, que vous avez craint l'équité de vos concitoyens, que vous avez craint de perdre votre vengeance! Pour moi, Messieurs, je crois que vous avez cherché l'impartialité, que vous avez cru obéir à la justice et à la loi; mais que ce doute injurieux ne pèse pas sur votre jugement! Que le peuple français, que l'Europe, que la postérité ne puissent voir en vous que des juges sincèrement amis de la justice! Ne rejetez pas l'appel que je demande; je l'attends, non comme une faveur que vous pouvez m'accorder, mais comme un droit que vous ne pouvez me refuser! Que le peuple examine ma cause, mon jugement, et prononce sur mon sort : je n'espère pas en sa clémence, je me confie seulement en sa justice!

II

Sur quoi repose le Droit que la Société a de punir les coupables.

DISSERTATION FRANÇAISE FAITE EN LOGIQUE AU LYCÉE LOUIS-LE-GRAND

Dans tous les temps et chez tous les peuples, des peines ont été attachées à la violation des lois établies, et ces peines sont la sanction nécessaire de ces lois : car une loi qu'on peut, au gré de son caprice, observer ou enfreindre, ne présente aucun caractère d'autorité. Celui qui, pour satisfaire ses besoins ou ses passions, attente à la propriété ou à la vie de ses semblables, connaît d'avance le châtiment qui l'attend s'il est découvert; aussi, cherche-t-il à prouver qu'il n'a pas commis l'action qui lui est imputée ; convaincu, il ne songe pas à prétendre qu'il ne doit point être puni. C'est donc un fait généralement admis, que la société a le droit de punir ceux qui violent ses lois. Mais ce droit, reconnu par le sens commun, est-il un droit aux yeux de la la philosophie, ou, en d'autres termes, quel est le principe qui est le fondement de la société, et rend ses lois équitables et ses actes légitimes?

Selon certains philosophes, l'état primitif de l'humanité fut l'état de guerre; mais les hommes, reconnaissant que chacun d'eux était trop faible pour lutter contre tous, se réunirent en société, et établirent des lois pour maintenir l'ordre public. Quiconque, au mépris de ces lois, s'empare du bien d'autrui, trouble la paix de l'état: la société fait usage de la force contre lui et le châtie; le droit de la société est le droit de la force. Mais la force peut-elle jamais devenir un droit? Ne sont-ce pas là deux idées absolument opposées? Une société, fondée sur la force, pourrait-elle subsister? Ne serait-elle pas bientôt divisée par les partis, déchirée par les discordes? Ce système, inacceptable aux yeux de la raison, n'est pas moins contraire à notre conscience. Si la société n'est fondée que sur la force, elle est tyrannique, il est beau de lui résister; cette guerre de quelques hommes contre tout un peuple est glorieuse, et les brigands sont des héros. Or, nous respectons, nous aimons la société, nous détestons ceux qui se révoltent contre elle; cette opinion est donc démentie par la nature humaine.

Mais ne peut-on pas concevoir une raison qui légitime l'emploi de la force; la nécessité? Les hommes sont faits naturellement pour la société ; ils comprennent que si certaines choses, comme la propriété, ne sont pas reconnues inviolables, la société ne peut subsister : il est donc nécessaire au bien de tous de les faire respecter en punissant quiconque y attente ; de même que l'homme châtie les animaux domestiques, la société châtie ceux qui transgressent ses lois : le droit de la société, c'est le droit de la nécessité. Mais, si l'idée de nécessité et l'idée de droit ne s'excluent pas l'une l'autre, peuvent-elles résulter l'une de l'autre ? Si une chose peut être à la fois équitable et nécessaire, tout ce qui est nécessaire est-il équitable ? L'homme a l'idée de la justice, et le droit, pour lui, est ce qui est conforme à la justice ; il se refuse à accepter la nécessité comme un droit. On lui dit que telle chose est nécessaire, il répond : « Je ne sais si elle est nécessaire, mais je sais bien qu'elle est injuste, et si la société ne peut subsister autrement, périsse la société plutôt que la justice ! » Si la punition des hommes qui violent les lois est seulement nécessaire, elle doit nous paraître injuste : mais nous l'approuvons, loin de la blâmer ; il existe donc un autre principe, sur lequel repose le droit de la société, Si l'homme est libre, il est responsable de ses actions : ainsi, quand un homme a agi contre les lois et l'ordre public, il était libre d'agir autrement. Cela ne donne-t-il pas à la société le droit de le punir, et ce droit ne résulte-t-il pas de la liberté de l'homme ? La société a donc le droit de punir tout acte qui porte atteinte à son existence, comme accompli par un être libre et responsable. Sans doute, pour qu'elle ait ce droit, il faut que l'homme soit libre, car il serait injuste de punir un être esclave de la nécessité, mais cela suffit-il ? Un homme ne doit pas être puni parce qu'il a agi librement, mais parce qu'il a abusé de sa liberté : donc, pour que la société ait le droit de punir, il faut que l'action soit mauvaise en soi. Ainsi la loi morale est le véritable principe de ce droit, qui repose sur la distinction du bien et du mal. Un exemple éclaircira cette vérité : un homme en assassine un autre, ceux que la société a chargés de ce soin s'emparent du meurtrier, trop faible pour leur résister; s'ils n'avaient pour eux que la force, ce serait une violence injuste. Mais, s'ils ne l'arrêtent, il pourra faire de nouvelles victimes : cela ne suffit pas. Il était libre de ne pas faire cette action : il était libre aussi de la faire, et les hommes n'ont pas le droit de le contrarier dans l'exercice de sa liberté. Ils ont le droit de l'arrêter, et la société a le droit de le punir, parce que le meurtre est un crime, et que le crime appelle un châtiment. Cela est si vrai que, si le meurtrier n'a pas eu conscience de ce qu'il faisait, il est sans doute séparé des autres hommes, de manière à ne plus pouvoir leur nuire, mais il n'est ni condamné, ni déshonoré.

Le droit que la société a de punir les coupables est donc légitime autant que nécessaire. Mais, dit-on, Dieu seul a le droit de punir le crime ; si un homme viole la justice, cela ne m'autorise pas à la violer pour le punir.

Un homme n'a pas le droit d'attenter à la liberté ou à la vie d'un autre homme. Cela est vrai en général, mais il y a une exception que l'on oublie, le cas de légitime défense. Menacé dans ma propriété ou dans mon existence même, je repousse justement une agression injuste, je n'attente pas aux droits d'autrui, je ne fais que défendre les miens. Ce droit de l'individu n'est-il pas aussi le droit de la société ? Quiconque attaque un seul homme, attaque la société dont il fait partie dans ses lois, qui sont la condition de son existence : la société repousse la force par la force, et punit le coupable pour se conserver. Autrement, il n'y a plus de société, et, en attendant la vengeance tardive de Dieu, le droit n'est rien et la force est tout.

Mais peut-être la raison humaine n'est-elle pas assez éclairée pour juger les coupables : n'a-t-on pas bien des fois reconnu trop tard de déplorables erreurs ? D'abord, le plus souvent les châtiments qu'inflige la justice des hommes sont mérités : mais, si elle frappe quelquefois l'innocent pour le coupable, s'il est bien des crimes qu'elle ne peut ni ne doit atteindre, si elle n'est ni infaillible ni complète, cela prouve seulement qu'elle n'est pas la seule justice. Après cette vie une justice plus haute nous attend, exempte de partialité et d'erreur, éclairée sur les véritables motifs de nos actions et sur notre responsabilité morale ; c'est la justice de Dieu, proportionnée à sa grandeur comme la nôtre à notre faiblesse, c'est cette justice que la justice humaine ne peut remplacer. Mais, aux rayons de ce soleil de justice, comme parle Fénelon, toutes les erreurs des hommes seront réparées : alors aucun crime ne sera sans châtiment, aucune vertu ne restera sans récompense !

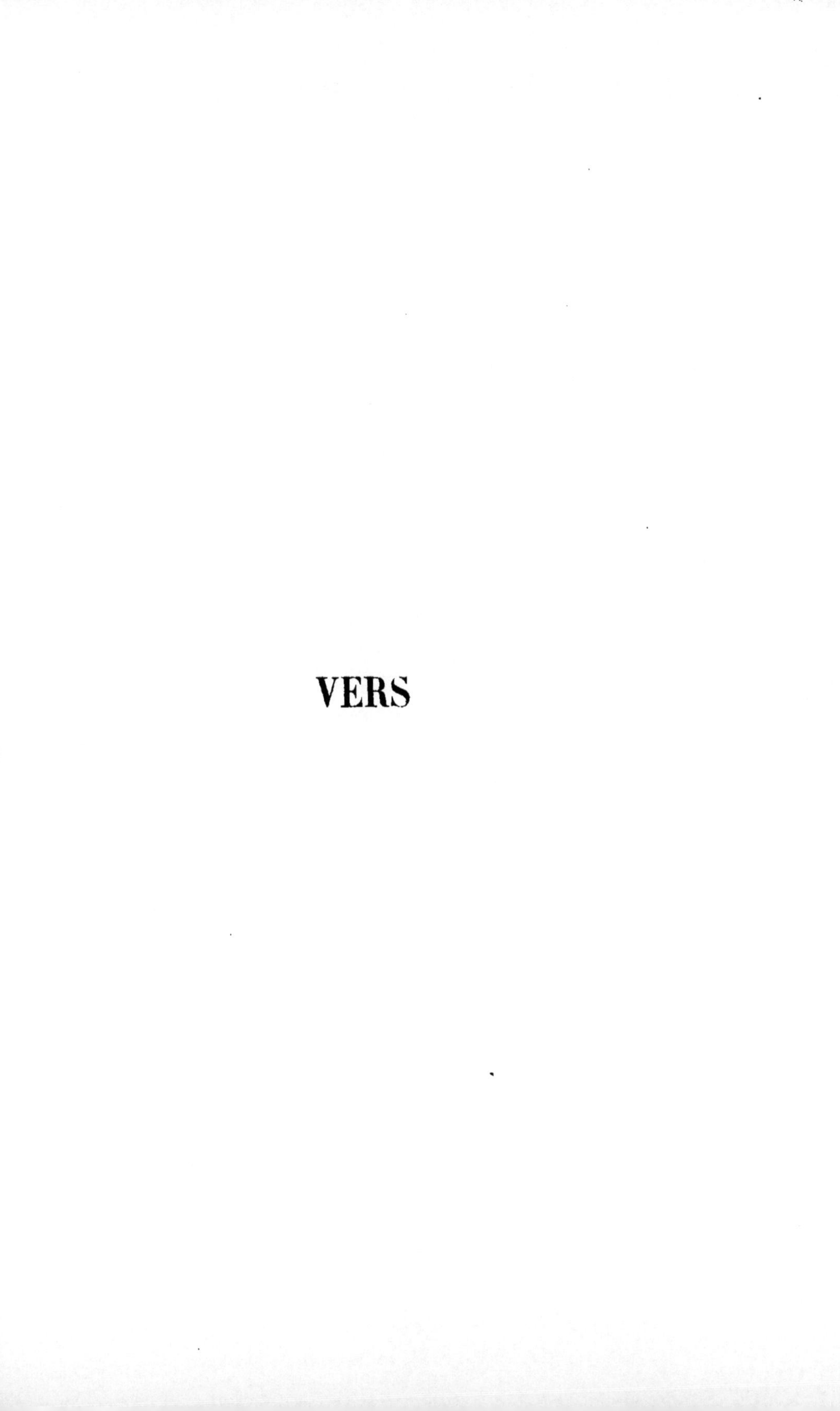

VERS

I

AU BUSTE DE LA CLASSE DE LOGIQUE (1)

Buste à l'œil sans regard, à la bouche sans voix,
Je t'interroge ; écoute, et réponds une fois :
Es-tu Grec ou Romain ? Une loi despotique
Au plus grand homme ici refuse tout honneur,
Si deux mille ans passés ne l'ont pas fait antique ;
Tout est antique ici, tout, jusqu'au professeur.
Et, parmi ces objets tout rongés de vieillesse,
L'élève, hélas ! devient vieil avant la jeunesse.
Mais laissons ce sujet. Buste, il me faut ton nom.
Je le veux. Mais l'écho m'a répondu : non, non.
Dans ton épaisse barbe, on dirait qu'un sourire

(1) Chacune des classes du Lycée Louis-le-Grand est ornée du buste d'un des écrivains de l'antiquité.

Se joue, et ton œil clos semble vouloir me dire,
Muet à tout jamais, et depuis deux mille ans :
« Je reste aveugle et sourd à tes cris impuissants. »
Prends garde! crois-tu donc que tes traits, que ton âge,
Inspire à tous les cœurs un respect éternel ?
. . . .

II

ENTRE DEUX ANGES

Assis sur mon banc solitaire,
Je suis seul au milieu de tous;
Je regarde d'un œil jaloux
Ceux qui, sous l'ombre du mystère,
Bravant le regard du geôlier,
Échangent un mot, un sourire.
Pourquoi donc, ciel, me dénier
Douce causerie et doux rire?

Seul!... Mais non! près de moi rayonne,
Blanche comète aux cheveux blonds,
Un ange à la fraîche couronne,
A la voix pleine de doux sons!
Un ange!... Hélas! jadis aux cieux
Il chantait de Dieu les louanges ;
L'amour l'a rendu malheureux!
Car l'amour est connu des anges!

L'exil expia son erreur!
Chassé du ciel, privé de gloire,
Nous avons reçu son malheur:
Il m'a dit cette triste histoire:
Mais sur mon front chargé d'ennuis,
Il étend l'ombre de ses ailes,
Et l'air est embaumé par elles,
Comme un parfum du paradis.

Près de lui, tête blanche et pâle,
Est un ange mystérieux ;
Brillant de candeur virginale,
Il vient de descendre des cieux.
Ainsi la blanche tourterelle,
De son regard paisible et doux,
Brûlante d'un amour fidèle,
Cherche l'amour de son époux!

Lorsque Caïn souilla le monde
Du meurtre d'un frère innocent,
Tremblante d'une horreur profonde,
La terre à regret but son sang.
Mais Dieu sourit à la victime,
Il te donna, pieux Abel,
Malgré Caïn, malgré son crime,
De toujours revivre immortel!

Il revit, raillé par la foule;
Mais il prie en joignant les mains,
Sur le bord du torrent qui coule,

Emportant le flot des humains.
Levez-vous, déployez vos ailes
Vers les demeures éternelles;
Élançons-nous vers l'avenir;
Adieu, France, ô terre chérie,
Vers ma vraie et sainte patrie
Je pars, pour ne plus revenir!...

III

A MON AMI GASTON BONET

UNE FLEUR

Des pleurs de la nuit arrosée,
La fleur, aux baisers du soleil,
Qui boit à longs traits la rosée,
Ouvre son calice vermeil,
D'où s'élève, odorant nuage,
Son doux parfum, encens joyeux,
Qu'à Dieu la fleur offre en hommage,
Et qu'elle exhale vers les cieux.

Mais bientôt la fleur est cueillie;
Pour avoir trop charmé nos yeux,
Languissante et déjà flétrie,
Elle embaume un livre pieux;
Elle n'a plus d'air, de lumière,
Elle expire avant la saison;
Mais la pauvre fleur prisonnière
Parfume toujours sa prison.

Au champ fleuri de poésie
J'ai glané ma modeste fleur,
Pour te l'offrir, je l'ai choisie ;
Son soleil, ami, c'est mon cœur!
Je la confie à cette page,
Qu'elle y reste sans se flétrir,
Sans se dessécher, sans mourir:
De notre amitié c'est le gage !

Puisse le jour ne point venir
Où la pauvre fleur rejetée
Par les vents serait emportée :
Cette fleur, c'est mon souvenir!
Que dans tes pensers de jeunesse
Cette fleur toujours de moitié
Embaume ta calme vieillesse :
Cette fleur, c'est mon amitié!

IV

SONGE DE PROPERCE

Traduit de Properce

Il me semblait goûter un paisible repos
Au sommet d'Hélicon et sous de frais ombrages.
Là, coulait belle et pure, au sein des verts bocages,
La source dont Pégase a fait jaillir les flots,
Où le vieil Ennius, altéré d'harmonie,
A longs traits étancha la soif de son génie.
Il chantait des Romains les antiques exploits,
Rome luttant contre Albe, et les trois Curiaces,
Pour son naissant empire armant les trois Horaces ;
Il chantait Paul-Émile, heureux vainqueur des rois,
Apportant leurs trésors sur ses nefs conquérantes,
Du sage Fabius les lenteurs triomphantes,
Cannes, funeste nom, souvenir douloureux,
Et du sang des Romains les campagnes fumantes,
Le sort changé, les dieux apaisés par nos vœux,
Et de nouveaux combats d'éternelle mémoire,
Et Jupiter sauvé par les oiseaux sacrés,
Et de nos aïeux morts cette immortelle histoire !

Humble, j'allais puiser l'eau de ces flots divins;
Mais Phébus, incliné sur sa lyre d'ivoire,
S'offrit à mes regards, auprès des antres saints :
« Laisse-là, me dit-il, ton rêve et tes desseins :
Plein d'un frivole espoir, crois-tu, nouvel Homère,
De la vaste épopée embrasser la carrière?
Ton génie impuissant trahirait ton ardeur.
Laisse ton char léger effleurer les prairies ;
Poète des doux chants, suis les routes fleuries;
Suis la rive toujours, sage navigateur ;
Que ta rame prudente effleure le rivage,
Fuis le vaste Océan, théâtre de l'orage.
Vois, ta route est tracée. » Il dit, et de la main
Sous la mousse me montre un verdoyant chemin;
Là, de cailloux brillants une grotte semée
M'offrait d'un vert abri la fraîcheur embaumée.
Des tambourins pendaient aux ponces du rocher,
Des muses, de Silène, on y voyait l'image,
Là de ses chalumeaux Pan consacra l'hommage ;
Tout respirait la paix que j'y venais chercher.
Puisse couler ma vie en ces douces retraites !
Vous, fils de Mars, pour qui les combats sont des fêtes,
Allez reconquérir sur les Parthes vaincus
Les drapeaux arrachés au malheur de Crassus !

V

MONOLOGUE DE MÉDÉE

Traduit de Sénèque

Si j'avais fui déjà vers un lointain rivage,
Certes, je reviendrais pour assouvir ma rage!
L'hymen de ma rivale est aussi son tombeau:
J'attends un autre hymen pour un crime nouveau!
Courage! suis, mon cœur, ta vengeance sévère,
Suis le cours fortuné de ta juste colère!
A moi l'impiété, le crime et son horreur.
Le crime! N'ayons plus ni pitié, ni pudeur!
Pour moi, sans attentats, il n'est point de vengeance :
J'y cherche les forfaits, et non pas l'innocence!
Je suis Médée : au sein des crimes et des maux
Mon génie a grandi par ses affreux travaux! —
Que me veux-tu, Colère? — Est-il donc un supplice
Qui de sa trahison dignement le punisse? —
Oui! j'ai peur de moi-même, et je roule en mon sein,
Sans l'avouer encore, un horrible dessein!
C'en est fait... Périssez, vous, mes enfants naguère,

Payez de votre mort les attentats d'un père! —
Je tremble, je frissonne : une secrète horreur
Dans mes membres glacés enchaîne ma fureur!
Mon amour a vaincu cette haine jalouse,
Et la mère en mon cœur triomphe de l'épouse!
Quoi! massacrer mes fils! verser mon propre sang!
Plonger ma main cruelle en leur flanc innocent!
Ah! quel crime ont commis ces tremblantes victimes!
Leur père et moi leur mère, hélas! voilà leurs crimes!...
Qu'ils meurent! Ces enfants, Jason, ils sont à toi :
Qu'ils meurent!... Je le sens, ils sont encore à moi!
Ils sont bien innocents, même aux yeux de leur mère :
Innocents! Tu l'étais, ô mon malheureux frère!
Mais mon cœur agité s'embrase tour à tour
Du feu de la colère et du feu de l'amour!
Quoi! je tremble, j'hésite en mon âme incertaine
Qu'apaise la tendresse ou qu'enflamme la haine!..
Venez me consoler dans mon malheur! Hélas,
Venez, mes chers enfants, serrez-moi dans vos bras,
Couvrez-moi de baisers!... Qu'ils vivent pour leur père,
Qu'ils vivent, j'y consens, s'ils vivent pour leur mère!...
Mais qui m'attend? la fuite, un exil éternel!
On va les arracher de mon sein maternel,
Gémissants, tout en pleurs : leur mère infortunée
Vivra triste, loin d'eux, aux larmes condamnée!
Des larmes!... C'est du sang qu'il me faut aujourd'hui!
Que ces fils, morts pour moi, meurent aussi pour lui!
En mon cœur irrité la haine se ranime,
Et la Furie encor pousse ma main au crime!
Tu m'appelles au meurtre, Erinnys, je te suis!
Commande maintenant, Colère; j'obéis!

VI

SONGE DE POMPÉE

Traduit de Lucain

La nuit, dernier moment de ses temps de bonheur,
Agita son repos par un songe trompeur.
Il se voyait lui-même assis à son théâtre :
Il voyait des Romains une foule idolâtre
Applaudir, élever son nom jusques aux cieux,
Les gradins retentir, luttant de cris joyeux!
Tel il vit autrefois le peuple entier de Rome,
De bruyantes clameurs le saluer, jeune homme,
Quand d'un premier triomphe il conquérait l'honneur,
Près du rapide Iber, de ses peuples vainqueur,
Vainqueur des nations qu'aux bornes de la terre
Sertorius fuyant entraînait à la guerre,
Quand à subir la paix il forçait l'Occident;
Avec la toge blanche aussi noble, aussi grand,
Que lorsqu'il étalait sur son char de victoire,
Sa toge triomphale, au jour où, plein de gloire,
Il s'assit à son rang de chevalier romain!

Au terme du bonheur, son esprit incertain
Peut-être voulut fuir dans sa gloire passée,
D'un avenir douteux évitant la pensée.
Peut-être le sommeil, lui montrant le bonheur,
Oracle obscur toujours, lui prédit le malheur.
T'exilant à jamais de ta ville chérie,
Peut-être ainsi le sort te rendit ta patrie.
Sentinelles du camp, respectez son sommeil!
Gardez que le clairon ne l'appelle au réveil!
A sa prochaine nuit, que de songes horribles!
De ce jour malheureux que d'images terribles!
Partout, partout la guerre et les combats affreux!
Puissent à son exemple, en un repos heureux,
Les peuples dormir tous, la veille de Pharsale!
O trop heureuse encor si ta ville natale
Eût, même en songe aussi, revu son défenseur!
Plût au ciel que des dieux la suprême faveur
Accordât à tes vœux, aux vœux de Rome entière,
Un seul jour où, tous deux sûrs de votre misère,
Pour la dernière fois, à votre dernier jour,
Vous eussiez confondu vos adieux, votre amour!
Tu comptes que le sol de ta chère Italie
Recevra dans son sein ton corps privé de vie;
Rome espère en ses vœux, toujours remplis pour toi,
Pourrait-elle prévoir les destins, dont la loi
Doit encore ravir, injuste et criminelle,
Les restes de Pompée à son amour fidèle!
Jeune homme, enfant, vieillard, autour de ton cercueil,
Tous, ils auraient mêlé leurs larmes et leur deuil!
Pour toi, nouveau Brutus, les femmes désolées
Auraient meurtri leur sein, tristes, échevelées;

Aujourd'hui même, hélas ! quand, frappés de terreur,
Ils redoutent le fer de l'injuste vainqueur,
Quand César leur apprend lui-même tes misères,
Portant à Jupiter encens, lauriers, prières,
Sur ton trépas, Pompée, ils verseront des pleurs !
Mais en plaintes, hélas ! s'épuisent leurs douleurs !
Ils n'ont pas au théâtre, où triompha ta gloire,
Par un deuil solennel honoré ta mémoire !

VII

DE L'AVARICE

Traduit de Juvénal

La jeunesse, si prompte à s'attacher au vice,
N'accepte qu'à regret la loi de l'avarice ;
Car ce vice trompeur imite la vertu;
D'un aspect triste, austère, il semble revêtu.
En tous lieux on s'accorde à louer un avare,
C'est un homme frugal, d'une sagesse rare,
Qui sait vivre de peu, qui sait garder son bien,
Et même (le bel art!) faire beaucoup de rien.
On le vante, à l'envi l'on admire cet homme.
Il est heureux, dit-on, car il est économe,
Aucun pauvre jamais n'a connu le bonheur!
L'argent, voilà le dieu qu'adore notre cœur.
Le père à ses enfants enseigne cette voie :
L'avarice est leur règle, et le gain est leur joie!
Ils apprennent bientôt, sous ce sage docteur,
A connaître de l'or l'insatiable ardeur ;
Des richesses l'amour croît avec la richesse,
Et pour l'argent le pauvre a bien moins de tendresse!

— « Augmentons notre bien de ce terrain nouveau ;
Oui, le champ du voisin est plus vaste et plus beau ;
Une seule campagne est étroite, et me gêne ;
Il faut de ce verger agrandir mon domaine.
J'achète avec le bois, avec le champ fécond,
Les oliviers pressés qui blanchissent le mont. » —
Détruis le fort breton et la hutte africaine,
Soutiens par tes exploits la puissance romaine,
De l'aigle, à soixante ans, pour prix de ta valeur,
Tu pourras obtenir le lucratif honneur.
Mais tu crains les travaux ; le signal des batailles,
Le clairon belliqueux fait frémir tes entrailles,
Et ton bras énervé ne peut porter le fer.
Achète à très-bas prix, revends moitié plus cher ;
Voilà le vrai secret pour faire ta fortune,
Point de délicatesse inutile, importune,
Apprends à t'affranchir, ami, d'un vain dégoût ;
Du cuir ou des parfums, fais commerce de tout !
Le gain sent toujours bon, sache-le bien ; répète
Ces vers dignes des dieux, ces vers du vieux poète :
« Il est riche, c'est vrai : Comment? Vous l'ignorez ;
Mais qu'importe? Il est riche : à vos yeux c'est assez. »

VIII

FUNÉRAILLES DE SIR JOHN MOORE, TUÉ EN ESPAGNE EN 1809

Traduit de Ch. Wolfe

Quand nous portions son corps, ni les tambours funèbres,
Ni les chants n'ont troublé les muettes ténèbres ;
Les fusils des soldats n'ont point dit au héros
Leur solennel adieu, dans le champ du repos.

Quand régna de la nuit l'ombre la plus obscure,
Dans le sol déchiré s'ouvrit sa sépulture ;
La lanterne jetait une sombre lueur,
Et la lune y mêlait sa lugubre pâleur.

Il fut, comme un guerrier qui, couché sur la terre,
Se repose couvert du manteau militaire ;
On ne l'enferma point, mort, dans un vain cercueil :
On n'enveloppa point ses membres d'un linceuil.

On murmura tout bas une courte prière ;
On ne le pleura point par une plainte amère :
Debout auprès du mort, nous regardions ses traits,
Pensant au lendemain, affligés et muets.

« Oui demain, pensions-nous, en creusant dans la terre
La tombe du guerrier, étroite et solitaire,
Le pied d'un ennemi foulera ce héros,
Et nous serons bien loin emportés par les flots.

» De celui qui n'est plus ils nîront le courage,
A sa cendre glacée ils jetteront l'outrage...
Mais qu'importe, s'il dort le lourd sommeil des morts,
Dans la tombe où l'Anglais a déposé son corps ? »

Notre funèbre tâche était à demi faite,
Quand la cloche sonna l'heure de la retraite.
Au loin grondait confus le canon du vainqueur,
Que tirait l'ennemi dans sa sombre fureur.

Nous mîmes au tombeau, mornes, l'air triste et grave,
Loin de son champ d'honneur, le corps sanglant du brave ;
Pas un mot, nulle pierre attestant son renom :
Nous le laissâmes seul, seul avec son grand nom !

IX

LA NUÉE

Traduit de P.-B. Shelley

Je suis la rapide nuée ;
Je dors sur les ailes des vents ;
Je fends d'un vol léger l'azur où je suis née ;
Et le zéphir me berce en ses bras caressants.
Je vogue sous le ciel, au-dessus de la terre ;
Je vole au sein des airs ; je vole au haut des monts :
J'aspire de la mer et des fleuves profonds
Les trésors d'une eau salutaire ;
Puis, je la verse à flots féconds :
De ma douce ondée
La plaine inondée
Reverdit, refleurit en sa jeune splendeur.
Ma rosée en perle limpide,
Suspendue à la fleur humide,
Rend au calice éteint sa brillante couleur.
J'éveille les boutons pressés,
Qui, dormant sur le sein de la rose leur mère,

Aux rayons du soleil mollement balancés,
Boivent la vie et la lumière.
A midi, quand dort la nature,
Prodigue aux feuilles comme aux fleurs,
Je donne une fraîche parure,
Et le soleil sur la verdure
D'un doux éclat fait rayonner mes pleurs.
Dans les cieux enflammés, lorsque mugit l'orage
Je passe et je répands au loin sur mon passage
Une pluie aux grêlons tranchants,
Qui comme un blanc linceul ensevelit les champs ;
Puis je roule en grondant un sourd et long tonnerre,
Et mes éclats au loin épouvantent la terre.
Je vole et vais la nuit sur le sommet des monts,
Semer la neige en blancs flocons.
Les grands sapins, au milieu des ténèbres,
Gémissent quand je passe en reine au haut de l'air,
Et courbent leurs rameaux avec des bruits funèbres.
A ma cîme est assis l'éclair ;
La flamme est sa rouge couronne,
Sur son trône argenté que l'éther environne.
Mais dans ma vaste profondeur
Le tonnerre vaincu roule sa rage vaine,
Et captif, sourdement mugit dans sa fureur :
L'éclair victorieux me guide dans l'espace ;
Au-dessus de la terre et du vaste océan,
Je passe sans laisser de trace,
Léger vaisseau qui vogue au sein du firmament,
L'éclair conduit ma course vagabonde ;
Eternel voyageur, il plane sur le monde ;
Il franchit et la terre et la mer tour à tour ;

Epris d'un violent amour,
Le roi du feu cherche le roi de l'onde,
Pilote ardent, sans cesse, nuit et jour,
Dans les bras d'un ondin tel que la Salamandre,
Il coule un doux repos, oublieux, enchanté,
Sous un dais de vapeur, et sur un lit de cendre,
Dans le calme charmant des belles nuits d'été.
Je pense, je vogue toujours.
La voûte du ciel bleu brille silencieuse,
Et la lune, ma sœur, élève curieuse,
Vient pour épier leurs folâtres amours.
Quand la nuit, au manteau tout parsemé d'étoiles,
Fuit en se couvrant de ses voiles,
A l'heure où le soleil, brillant et radieux,
Vêtu de lumière éclatante,
Ranimant l'univers des rayons de ses yeux,
Chasse l'étoile pâlissante,
Et secoue un panache à la lueur sanglante,
Il vient m'embraser de ses feux :
Puis je vole, radeau mobile,
Et je répands en ma course tranquille
La chaleur et le jour, divins présents des cieux.
Ainsi d'un choc subit quand la terre agitée
Jusqu'en ses fondements frémit épouvantée,
Sur la cîme du mont tremble un vaste rocher,
Où l'aigle solitaire est venu se percher :
Mais l'hôte aérien, s'élançant dans l'espace,
Fuit du roc ébranlé l'effrayante menace.
Quand le soir a du jour refroidi la chaleur ;
Quand le soleil, lassé de l'ardente carrière,
Descend vers l'Océan dans des flots de lumière

Pour s'éteindre lui-même en l'humide fraîcheur.
Et de ses derniers feux enflamme encor la terre :
Quand le soir, qui se lève au coucher du soleil,
Fait tomber son manteau vermeil :
Comme au zéphir se balance la rose,
Silencieuse je repose
Et je m'endors d'un doux sommeil !
A sa tendresse maternelle
Ainsi la colombe fidèle,
Sur ses petits étend ses ailes nuit et jour,
Et réchauffe son nid du feu de son amour.

X

RESPECTUEUX HOMMAGE A Mme VEUVE BONET

Née Chabriot

Pour sa Fête

Madame, avez-vous cru qu'au jour de votre fête
Mon ingrate amitié pourrait rester muette ?
Non, non ; j'ai dû mieux faire, et je viens aujourd'hui
De mon humble bouquet vous apporter l'hommage ;
Ces vers sont de mon cœur la plus fidèle image ;
Votre fête est la nôtre aussi.

Je n'ai pas oublié la douce bienveillance,
La grâce naturelle et l'aimable indulgence
Qui sait toucher nos cœurs et charmer nos esprits ;
A tous, sans y penser, vous avez l'art de plaire.
Sans vous connaître, ici, je me sentis naguère
Etranger, au milieu d'amis.

Vivez heureuse, au sein d'une chère famille ;
Que votre mère aussi, si digne de sa fille,
Pour vous chérir longtemps, conserve la santé ;
Enfin, et qu'à mon vœu le vœu de tous s'unisse,
De vos fils bien aimés que le printemps fleurisse
Et de vos jours charme l'été.

Vous avez entendu des souhaits, des prières
Mieux dites, je le sais, mais non pas plus sincères ;
Puissent-elles sur vous appeler le bonheur !
Georges pour vous fêter fait chanter l'harmonie.
Moi, j'offre peu de chose : acceptez, je vous prie,
Mes mauvais vers, faits de bon cœur.

XI

A MON AMI CH. BIGOT

Des vers! si, par bonheur, une rime pareille,
D'un retour monotone importunant l'oreille,
Ne t'apprenait, ami, la triste vérité,
Tu croirais que je raille, et ton œil irrité
Cherchant la poésie aux paroles sacrées,
Parcourrait vainement ces lignes mesurées.

Hélas! je ne sais pas parler comme mon cœur :
Je veux chanter, mes vers languissent sans ardeur;
Peut-être un sang trop froid circule dans mes veines;
Tout s'efface, tout fuit; des formes incertaines
M'attirent, feux follets se jouant dans la nuit;
L'illusion s'envole et le charme est détruit!

Si j'étais né pourtant sur ces lointaines plages,
Au pays du soleil, aux fortunés rivages
Où l'on naissait poète en regardant les cieux,

J'aurais aussi parlé cette langue des dieux!
Aux rayons du soleil, au souffle du zéphyre,
Mon âme aurait vibré comme vibre une lyre.

Mais non, je suis muet; je ne sais pas, ami,
Te parler d'amitié; je ne sais qu'à demi
En ces vers impuissants retracer ma pensée;
Sur des bords inconnus telle une délaissée
Ne sait rien que pleurer pour montrer sa douleur!
Les larmes seulement sont la voix de mon cœur!

A notre affection ne sois pas infidèle,
Te dirai-je du moins; qu'une amitié nouvelle
Ne puisse de nos cœurs briser le doux lien!
Garde mon souvenir, je garderai le tien :
Cette pure lumière éclairera notre âme,
Attendant que l'amour l'embrase de sa flamme!
. . . .

XII

ADMISSION A L'ÉCOLE NORMALE SUPÉRIEURE

COUPLETS POUR LE PUNCH D'ENTRÉE

Lire des vers ! humble conscrit
Qui ne sais pas parler en prose !
Mais les vers veulent de l'esprit :
Je n'en mettrai point, et pour cause.
Si le vôtre m'en tenait lieu !
Vous, que mon embarras amuse,
Donnez à cette pauvre Muse
De l'esprit pour l'amour de Dieu !

Pour nous égayer sans scrupule
Le monde nous croit trop savants ;
Pour convaincre cet incrédule,
Sachons un jour être ignorants.
Point de sérieux, c'est un crime :
Le rire fait l'égalité ;
Plus de poète au front sublime,
On le condamne à la gaîté !

Amants de la philosophie,
Oubliez votre gravité;
Une heure d'aimable folie
Délasse de la vérité!
Aujourd'hui la gaîté légère,
A demain les graves leçons!
Et que la raison, trop sévère,
S'envole au bruit de nos chansons!

Messieurs les Carrés que j'honore,
Ici, nous sommes vos égaux,
Mais demain nous serons encore
Les victimes de vos bons mots!
Eh bien! sur nous ils peuvent fondre :
Nous avons, à ne rien cacher,
Trop peu d'esprit pour y répondre,
Assez pour ne pas nous fâcher.

Maintenant, que le punch s'allume,
Pour l'avenir faisons des vœux :
Mais c'est une sotte coutume
De boire au succès des heureux!
Pour un que la gloire caresse
Combien seront sacrifiés!
Je bois donc, Messieurs, par sagesse,
A ceux qui seront oubliés!

XIII

L'ISTHME DE SUEZ

SUJET PROPOSÉ PAR L'ACADÉMIE FRANÇAISE POUR LE CONCOURS DE POÉSIE DE 1861

...Creditur olim
Velificatus Athos...

(JUVÉNAL, X, 173.)

I

Est-il vrai qu'autrefois, dans tes plaines sans borne,
Où ton soleil de feu règne, implacable et morne.
Des hommes aient vécu, des peuples aient passé,
Orient! ô berceau mystérieux du monde,
Terre jadis fertile, à présent inféconde,
Qu'habite l'ombre du passé!

Que tu vis s'élever de cités magnifiques,
Aux orgueilleux palais, aux éternels portiques,
Qu'un peuple bâtissait pour son éternité!
Il n'est plus: la cité, solitaire merveille,
Est debout: — c'est la tente, où le pasteur la veille
Pour une nuit s'est arrêté!

Sur ces champs désolés pèse un vaste silence :
L'humanité finit où le désert commence,
Tombeau du voyageur, empire de la mort :
L'Arabe seul, pour qui les périls sont des fêtes,
Ose encore braver les brûlantes tempêtes
De ces mers qui n'ont point de port!

Là, c'est l'Égypte, où tout est mystère et ténèbres,
Où dorment, entourés de leurs grandeurs funèbres,
Les temples et leurs dieux, les morts et leurs tombeaux ;
Des âges écoulés conservant la mémoire,
Elle dédaigne, au nom de son antique gloire,
La gloire des peuples nouveaux!

Vous êtes délaissés dans vos profondes salles,
Dieux de granit, géants aux formes colossales,
Sombres divinités que la foule adorait !
A vos côtés, le sphinx, figure symbolique,
Défiant l'avenir d'un regard ironique,
Des siècles garde le secret.

Et vous, qui dominez ces rivages arides,
Monts que l'homme a créés, massives pyramides,
D'un peuple qui n'est plus immortels monuments,
Vous voyez à vos pieds, le front inébranlable,
Les cités s'écrouler, vous résistez au sable,
A l'orage, à l'effort des ans.

Dites combien de rois, trop fiers de leur puissance,
Illustres un moment, ont cru dans leur démence

Que le temps ne pourrait effacer leur renom !
De l'univers, du sort, ils s'appelaient les maîtres,
Et sous vos noirs arceaux rejoignant leurs ancêtres,
Sont devenus des morts sans nom !

Quoi ! l'Égypte a perdu sa force et son génie !
Quoi ! le Nil ne peut plus, de sa source tarie,
Lui verser la richesse et la fécondité !
Oh ! puisse l'Occident par de justes hommages,
T'éclairer à son tour, ruine des anciens âges,
Et te rendre ta royauté !

Ici, c'est la Judée, aux vallons infertiles,
Où se dressent des rocs noircis, des monts stériles,
Désert affreux, toujours de deuil enveloppé :
Tel, en un jour d'orage, abattu sur l'arène,
Roi vaincu des forêts, on voit fumer un chêne
De la foudre qui l'a frappé !

Alors que du Jourdain ils délaissaient la rive,
Jérusalem ! tes fils, sur la harpe plaintive,
Pleuraient l'Assyrien profanant le saint lieu !
Maintenant, meurtriers d'une sainte victime,
Ils errent dispersés : ah ! pleure sur leur crime :
Ils ont versé le sang d'un Dieu !

Mais sur ces bords sacrés le chrétien est esclave ;
Fanatique oppresseur, le musulman nous brave,
Et la terre du Christ obéit à ses lois !

Il n'est plus de ferveur : partout l'indifférence!
Il n'est plus de croisés : on laisse sans vengeance
Le Croissant insulter la Croix!

C'en était trop pour nous, c'est trop peu pour leur rage,
Et les barbares vont, avides de carnage,
Dans le sang des chrétiens assouvir leurs fureurs!
Tout périt : le vieillard est frappé par leur haine,
Et tourne en expirant vers l'Europe lointaine.
Un long regard chargé de pleurs!

A combattre pour Dieu la France est toujours prête :
Fidèle à son devoir, c'est pour elle une fête,
D'arracher à leurs maux les peuples outragés!
Vous que parmi les morts le fer a laissés vivre,
Consolez-vous : du joug la France vous délivre,
Et vos frères seront vengés!

Entre la vieille Asie et la terre africaine,
L'Océan reculant sa limite incertaine,
Dans le golfe conquis roule ses flots amers :
Mais, barrière immobile, infranchissable aux ondes,
Un isthme sablonneux, unissant les deux mondes,
Sépare les flots des deux mers!

Ces bords bravent les eaux, leur impuissante audace,
Leur rage qui bondit, leur calme qui menace:
Du combat éternel le rivage est témoin :
Les vagues chaque jour, tumultueuse armée,
Assaillent en courroux leur borne accoutumée :
Elles n'iront jamais plus loin!

Où sont les oasis, la riante verdure,
Et les ruisseaux coulant avec un doux murmure,
Les champs où la charrue ouvre ses noirs sillons?
Un océan de sable au loin couvre la plaine,
Et le vent du midi, de son ardente haleine,
    L'agite en légers tourbillons!

L'homme habite ces lieux à regret : point de ville,
Dont le port vaste et sûr offre un abri tranquille
A ces trésors éclos sous un autre soleil!
Où le père a vécu, le fils doit vivre encore.
Mais d'un été sans fin la chaleur le dévore,
    Et sa vie est un long sommeil!

La nature bientôt, fleurirait rajeunie,
Et ce peuple énervé renaîtrait à la vie,
Si les mers s'unissaient en confondant leurs eaux!
Qu'il soit ainsi! Demain aux cités opulentes
Dont les ports s'ouvriront sur ces plages brûlantes,
    Le monde enverra ses vaisseaux!

Réponds, ô Dieu clément, dont la main nous protége,
Réponds : l'homme peut-il changer sans sacrilége
Les lois de l'univers et tes divins arrêts?
Ou bien ce Dieu vengeur, armé de son tonnerre,
Veut-il faire connaître aux peuples de la terre
    Qu'on doit respecter ses décrets?

II

Oui, l'œuvre est légitime, et le ciel l'autorise :
Puisse un homme achever cette grande entreprise,
Et léguer son bienfait, son nom à l'avenir !
L'humanité l'attend, et Dieu va le bénir !

On dit qu'un de ces rois, dont la splendeur passée
Sous une longue nuit disparaît éclipsée,
A l'Égypte fit voir ce miracle autrefois ;
Son peuple tout entier travaillait à sa voix.
Le Nil captif, suivant des routes inconnues,
A la mer du midi porta ses eaux vaincues
Le succès a trompé ses vœux et ses efforts ;
Le voyageur retrouve à peine sur ses bords
Du canal desséché quelque douteuse trace,
Que le temps affaiblit et que le sable efface !
N'égalerez-vous pas ce qu'ont fait vos aïeux?
Leur ouvrage imparfait a péri : faites mieux !
Vous, leurs fils, vous devez rendre à votre patrie
Et sa grandeur tombée et sa gloire flétrie ;
Entre l'Europe et l'Inde abrégez le chemin :
A l'œuvre ! sans retard, sans attendre à demain !

Ce navire qui part loin du ciel de la France,
Où va-t-il ? Ces marins, le cœur plein d'espérance,
Qui chantent, saluant la lumière du jour,
Au moment du départ, la chanson du retour,

Ils rêvent des trésors, des conquêtes faciles,
Car l'Inde les attend : ses campagnes fertiles
Réservent l'opulence au hardi voyageur.
Ils naviguent joyeux, sans souci du malheur :
L'horizon est serein, et la mer blanchissante
Courbe sous le vaisseau sa vague obéissante :
Patience! — Et bientôt, favorisé du sort,
Le vaisseau sans orage entrera dans le port!

Hélas! quand les sombres tempêtes
Mugissent au sein de la nuit,
Quand le tonnerre est sur leurs têtes,
Bonheur, espoir, tout est détruit!
S'attachant au mât qui s'écroule
Sur le pont du vaisseau qui roule
Par les flots vainqueurs emporté,
Comme, trop tard, chacun regrette
Le bord natal, et la retraite
Qui protégeait sa pauvreté!

Il n'est plus temps! Adieu la vie,
Les promesses de l'avenir,
Et le soleil de la patrie,
Douloureux et cher souvenir!
Puis, lorsque le jour recommence,
On voit sur l'Océan immense
Flotter des débris dispersés,
Et sur une plage étrangère
Des marins qui chantaient naguère
Le flot jette les corps glacés!

Là-bas une femme craintive,
Depuis l'heure du triste adieu,
Attendant toujours qu'il arrive,
Pour son époux implore Dieu !
Mais bientôt, veuve infortunée,
Au deuil, aux larmes condamnée,
Que tu maudiras l'aquilon,
Et la mer qui vit le naufrage,
Et les périls du long voyage,
Et le cap au funeste nom !

Quoi ! rencontrer toujours, dans ces ondes fatales,
Les vaisseaux un écueil, les marins un tombeau !
Il est temps de fermer ces funèbres annales,
De créer un chemin nouveau !

Les peuples l'ont compris d'un accord unanime :
C'est pour tous un bienfait, et qu'ils appellent tous :
Mais l'Anglais seul résiste à ce vœu légitime,
Et garde un silence jaloux !

Car il veille inquiet sur son lointain empire,
Et, comme le dragon qui défend des trésors,
Sans doute il s'épouvante, aussitôt qu'un navire
De l'Inde visite les bords !

Pourtant, de Gibraltar aux flots des Dardanelles,
On l'a laissé régner, et, soupçonneux tyran,
Couvrant toutes les mers de fortes sentinelles,
Asservir le libre Océan !

On s'est tu jusqu'ici : l'Europe enfin est lasse ;
Elle rejette un joug trop longtemps supporté ;
Le commerce est captif : un jour d'heureuse audace
Lui donnera la liberté!

Car, si puissant qu'il soit et si grand qu'on le nomme,
A l'oppresseur du droit la force sert de peu :
Aux volontés du ciel en vain résiste l'homme :
Le droit, la justice, c'est Dieu!

III

Toi qui dois accomplir cette œuvre glorieuse,
Toi que Dieu nous promit, quelle contrée heureuse
S'honore d'un tel fils?
Le vieux Nil t'a-t-il vu, sur ses bords solitaires,
Rêver la gloire, auprès des débris séculaires
Qu'on appelle Memphis?

Non, soyons fiers de toi, la France est ta patrie,
Aux merveilles de l'art, aux travaux du génie
Ce sol prédestiné :
L'univers le bénit, c'est la terre sacrée,
Et les siècles futurs chanteront la contrée
Où de Lesseps est né!

Que chaque nation, dans son antique histoire,
Avec un juste orgueil raconte une victoire,
Et nomme un conquérant.

La gloire qui t'attend est plus haute et plus pure ;
Il vainquit les humains, tu vaincras la nature :
Lequel est le plus grand ?

Jeune, tu t'égarais loin des routes tracées,
Embrassant l'univers dans tes vastes pensées,
Et tu disais : « Pourquoi
Ces immenses détours, ce périlleux voyage ?
Les hommes ont-ils pu subir, jusqu'à notre âge,
Cette inflexible loi !

» Trop heureux qui, prenant la science pour guide,
Doit ouvrir ce chemin plus sûr et plus rapide
Loin des flots africains !
La mer surmontera sa barrière inutile :
Les vaisseaux vogueront d'une course facile
Aux océans lointains !

» Je le sens, le destin m'appelle à cette tâche,
Je l'accepte d'un cœur intrépide : qu'un lâche
Craigne et veuille prévoir !
Pour moi, je me confie en l'ardeur qui m'anime,
Et Dieu, qui m'a touché de ce souffle sublime,
Ne peut me décevoir !

» A ces nobles travaux si le ciel me désigne,
Français, d'un si beau nom je me montrerai digne :
Qui peut me le ravir ?
France, qui m'as nourri de ta sève féconde,
Je te serai fidèle encore ; ouvrir le monde,
N'est-ce pas te servir ?

» Oui, je triompherai pour cette sainte cause,
Je le crois, je le sais, je ne veux qu'une chose :
Voir mes desseins compris !
Vainement devant moi se dressent les obstacles,
Pour vaincre je puis tout, tout, même les miracles ;
La gloire en est le prix !

» La gloire ! — Mais hélas ! le vulgaire frivole,
Rebelle à mes projets et sourd à ma parole,
Ne peut me seconder :
D'autres dédaigneront ce rêve de jeunesse.
Il me faut un peu d'or pour créer la richesse :
A qui le demander?

» Eh bien ! quand je devrais, au terme de ma vie,
Pleurer mes vains efforts, ma constance trahie,
Et mon espoir déçu,
Grand Dieu, fais que plus tard mon dessein s'accomplisse;
Qu'un autre soit illustre et que mon nom périsse,
Je n'aurai rien perdu !... »

O Lesseps, tu savais que la foule ignorante,
Hostile à ton génie au moins indifférente
Ne t'écouterait pas,
Oui, tu l'avais prévu ; mais ton âme stoïque,
De ces premiers revers sortit plus héroïque
Pour ses derniers combats !

Des ennemis jaloux t'attaquèrent; l'envie,
Contre toi sans relâche armant la calomnie,

Voulut te déchirer.
Inutiles efforts! tu fis taire la haine,
Et le savant, trop fier de sa science vaine,
Apprit à t'admirer!

Lorsque, bravant des rois le dédaigneux sourire,
Colomb pour un vaisseau leur offrait un empire,
Loin des bornes du monde et par-delà les mers
Il promettait en vain ce nouvel univers.
Les courtisans railleurs insultent le grand homme :
« L'insensé! » (c'est ainsi que leur prince le nomme),
Et d'une cour à l'autre, et d'États en États,
Il promène longtemps son génie et ses pas.
Son âme, en l'avenir garda sa foi sereine,
Il subit ces affronts sans se plaindre : une reine
Seule osa l'écouter, le croire, et consentir
Que pour elle il trouvât un monde à conquérir!
O Lesseps, ton génie est un beau privilége,
La terre te respecte et le ciel te protége.
De nos jours, sur les rois Colomb n'eût pas compté;
Les peuples t'aideront, tu sers l'humanité!

Cette ardeur à tous est commune;
Tu leur demandais un peu d'or :
Le riche apporte sa fortune,
Le pauvre son humble trésor.
Qui pourrait faillir à l'épreuve,
Entendre ton appel en vain?
A toi le denier de la veuve
Et l'obole de l'orphelin!

Cet or que la vertu méprise,
En un jour a tout expié :
Il sert une noble entreprise ;
Cet honneur l'a purifié !
Pour toi, tu ne sais pas comprendre
Ce qu'il a sur nous de pouvoir,
Tu donnas tout, comme Alexandre,
Et tu n'as gardé que l'espoir !

IV

Hier dormait, sous l'astre ardent qui la consume,
L'Égypte, condamnée à des cieux toujours purs ;
Comme une île du Nord qu'enveloppe la brume,
Les siècles la couvraient de leurs voiles obscurs.

Dans son linceul de sable elle dormait couchée,
Et la vie a soudain ranimé ce grand corps :
Quel miracle imprévu, quelle vertu cachée
Fait revivre aujourd'hui les peuples qui sont morts ?

Sur leur base ont tremblé les hautes Pyramides,
La terre a tressailli de longs frémissements,
Le Nil a débordé sur ses rives humides,
Les morts se sont levés dans leurs noirs monuments.

Memnon qui, dès longtemps aux rayons de l'aurore,
Comme le luth brisé, restait silencieux,
Retrouve l'harmonie, il chante, il sait encore
Réveiller du désert l'écho mélodieux !

On dirait que les dieux de tes temples antiques,
Égypte, ont soulevé la pierre des tombeaux :
On dirait que docile à leurs accents magiques,
Ton vieux peuple renaît pour des siècles nouveaux !

Ces hommes qui là-bas sont courbés sur leur tâche,
Ne servent pas un roi, qui, comme un vil bétail,
Chasse devant ses pas leur foule esclave et lâche ;
Ils ont, libres soldats, appelé le travail !

Ils font, sans murmurer, ce que le chef, ordonne.
Car c'est l'âme d'un seul qui fait agir leurs bras,
Ils luttent, et toujours le succès les couronne :
Victoires sans douleurs, pacifiques combats !

De Lesseps est partout, il commande, il les guide.
Et leur active ardeur obéit à sa voix :
L'œuvre devient facile alors qu'il y préside,
Le désert reconnaît son génie et ses lois !

De ses calculs profonds toute erreur est bannie :
Chacun fait son devoir, ce labeur est égal,
Déjà le sol creusé, la colline aplanie
Aux peuples attentifs promettent le canal !

C'est que l'intelligence asservit la matière,
Elle en fait l'instrument de ses vastes travaux,
Et l'homme, souverain de la nature entière,
Change l'aspect du monde et les routes des eaux !

Courage! travailleurs de l'œuvre solennelle!
La nature a perdu le titre d'éternelle,
Le monde se transforme et change en un moment.
La voici, votre tâche, et vous l'avez choisie :
Qu'un canal, séparant l'Afrique de l'Asie,
Fasse une île d'un continent!

Alors, hardis marins, sans tempêtes fatales,
Vous atteindrez bientôt les mers orientales,
Par où l'isthme détruit reçoit les flots vainqueurs!
Et vous, vous qui pleurez, femmes, cessez vos plaintes,
Plus de périls! Pour vous, le départ est sans craintes :
Que l'attente soit sans douleurs!

De Marseille à Suez, de l'Inde à l'Amérique,
Aux peuples affaiblis rendant leur vie antique,
Le commerce étendra son empire fécond.
L'Anglais peut condamner ce qu'il n'a pas su faire.
Il devra cependant oublier sa colère;
Son intérêt nous en répond!

Alors les nations, par une loi plus sage,
Des haines abjurant le funeste héritage,
Craindront d'en réveiller même le souvenir!
Pour toujours, douce paix, qui nous fuyais sans cesse,
Reviens! c'est à ce prix que Dieu met la richesse
Et les splendeurs de l'avenir!

Lorsque Gama cherchait sur l'onde courroucée
Le monde pressenti par sa haute pensée,

Un géant devant lui se dressa jusqu'aux cieux.
Sa voix retentissait, déchaînant la tourmente,
Et les navigateurs sentirent l'épouvante
Glacer leurs cœurs audacieux.

Tremblants, muets d'horreur, ils l'écoutaient maudire
L'homme qui, le premier, violant son empire,
Hasardait sur ces mers un navire abhorré :
Ils l'écoutaient, contre eux vomissant la menace.
A leur ambition, pour prix de leur audace,
Promettre un trépas ignoré !

Aujourd'hui, frémissant d'une inutile rage,
Sur l'Océan désert il soulève l'orage,
Et sa fureur s'exhale en de sombres accents :
« Quoi! je ne pourrai plus, pour venger mes défaites,
Contre mes ennemis ranimant les tempêtes,
Briser leurs vaisseaux impuissants !

» Un homme leur a fait une route nouvelle,
Son génie a dompté la nature rebelle,
Les flots obéissants prennent un autre cours.
Je maudis, mais en vain, ce travail qui commence :
J'ai perdu mon empire et je perds ma vengeance,
Et je suis vaincu pour toujours! »

C'est de toi qu'il attend sa plus chère couronne,
France, paie en amour ce qu'en honneur te donne,
Après tant de labeurs, de Lesseps triomphant!

Car si tu peux jamais oublier sa mémoire,
L'avenir te dira, confondant votre gloire,
Que de Lesseps fut ton enfant!

Et vous, les citoyens d'une même patrie,
Vous saurez dignement admirer son génie
Et vous réjouir tous d'un si juste succès.
Servez sa renommée, il sert aussi la vôtre :
Car il est notre frère, et sa gloire est la nôtre,
Elle appartient au nom français!

Que la France à présent suive sa destinée!
Assez et trop souvent l'Europe dominée
A dû contre son joug tout entière s'armer;
Assez et trop longtemps, jalouses de ses aigles,
Les nations n'ont pris que leurs craintes pour règles :
Qu'elles apprennent à l'aimer!

Si le faible, opprimé par des maîtres iniques,
Obéit en pleurant à leurs lois tyranniques,
Pour racheter ses jours si l'or est apporté :
Avant que le marché s'achève, noble France,
Que ton glaive vengeur pèse dans la balance,
Et mette un peuple en liberté!

Mais, comme le soleil qui de feu se couronne,
Si par tout l'univers la liberté rayonne,
Si pour la protéger il suffit de ton nom :
Dédaigne les combats : le triomphe est facile!
Ton aigle a tout vaincu : qu'elle garde immobile
Les foudres de Napoléon!

Peut-être aurais-je dû, plus timide ou plus sage,
A mes forces du moins mesurer mon ouvrage :
Mais, si j'osai chanter ta gloire, ô mon pays!
Lourd fardeau dont le poids accable ma faiblesse,
Console mes regrets, pardonne à ma jeunesse,
Pardonne à l'amour de ton fils!

XIV

L'IMAGINATION

Quand sur mon front chargé d'une sombre tristesse,
Où l'amer désespoir qui m'étreint et m'oppresse
Obscurcit mes regards d'un voile douloureux,
A ces heures de deuil où toute fleur se fane,
Passe, comme un frisson, une aile diaphane :
Je revis, je me sens heureux !

Naguère, repoussant la coupe de la vie,
Triste, j'allais mêler un poison à sa lie,
Fatigué du passé, dédaignant l'avenir!
Douce comme le vent qui dans l'arbre murmure,
Une voix m'a parlé : « Bois, l'onde sera pure,
Attends, le bonheur va venir ! »

Imagination, est-ce toi dont les ailes
Sur mon front abattu par des peines cruelles
Ont frémi, léger souffle et trop vite envolé !

Est-ce toi dont la voix, apaisant ma souffrance,
A mon âme brisée a rendu l'espérance?
Est-ce toi qui m'as consolé ?

Dans tes palais dorés, ô reine, tout s'efface ;
Nous oublions le temps, nous franchissons l'espace ;
Petit ou grand, chacun obéit à ta loi :
Tes rêves enchantés, doux et brillants mensonges,
Nous bercent enivrés; nous croyons à tes songes :
Le pauvre est riche, et l'humble est roi!

Sans ces rêves féconds, que serait le poète ?
Alors ses doigts vaincus, dans sa lyre muette
N'éveilleraient jamais le chant mélodieux ;
A ses vers inspirés tu souffles l'harmonie :
Sur tes ailes de flamme emportant son génie.
Il plane avec toi dans les cieux !

Stérile admirateur de la grande nature,
Sans toi jamais l'artiste, en sa froide peinture,
Ne saurait égaler ces sublimes tableaux;
Mais ton flambeau sauveur le ranime et l'éclaire,
Son dessin, ses couleurs rayonnent de lumière,
Il sent une âme à ses pinceaux !

Ces contes merveilleux qui berçaient mon enfance.
Ces récits où toujours triomphait l'innocence,
Crédule, j'y trouvais mon espoir et ma foi ;
Je voyais une fée aux magiques largesses
A mes yeux éblouis prodiguer ses richesses ;
Cette fée, hélas ! c'était toi !

Je suis jeune, ma vie à peine est commencée,
Mais déjà, les soucis fatiguant ma pensée,
Je sonde du regard le muet horizon :
Je songe, et je prévois... Alors, fidèle amie,
Réveille l'espérance en mon cœur endormie,
Sur l'avenir jette un rayon !

De la jeunesse un jour les fleurs trop éphémères
S'effeuilleront au vent de mes douleurs amères;
Adieu donc, te dirai-je, abjurant mon erreur :
Puis en labeurs ingrats j'épuiserai ma vie,
Mais toujours me guidant, à mon âme ravie
Tu feras briller le bonheur !

Enfin, lassé de vivre et vaincu par l'orage,
Je languirai courbé sous le fardeau de l'âge :
Je verrai lentement mes jours s'évanouir.
Viens encor, viens toujours, riante enchanteresse :
Je vivrai, dans mon cœur rappelant ma jeunesse,
Rajeuni par le souvenir!

Ce sont là tes bienfaits, et pourtant l'on t'accuse,
Et l'enfant que bientôt le monde désabuse,
Le jeune homme déçu par un espoir trompeur,
Et l'homme fatigué de sa rude carrière,
Et le vieillard qui touche à son heure dernière,
Maudissent ton pouvoir menteur!

Tu nous trompes, hélas? pour toi je suis sans arme,
Je suis roi, je suis Dieu, tant que dure le charme,

Tout est à moi, puissance, et gloire, et liberté!
Mais bientôt la raison dissipe ce mirage,
Je retrouve, écartant de mes yeux le nuage,
L'inflexible réalité!

Il t'aime cependant, celui que tes caresses
Ont trompé tant de fois, quand, féconde en promesses,
Au bonheur tu semblais le mener par la main!
Malheureux, et pleurant en son âme déçue
De ses rêves chéris l'illusion perdue,
Il te dit : « Perfide, à demain! »

XV

SONNET

A M. X***

........Au reste vous saurez
Que je n'ai demeuré qu'un quart d'heure à le faire.

L'AMOUR

Sur ton livre endormant ton front penche alourdi.
En dépit du vieux maître et de la vieille histoire;
De tes plaisirs passés abjure la mémoire :
Je veux contre l'amour te parler en ami.

Cesse d'aimer l'amour, aime plutôt la gloire;
De mille passions si ton âme a frémi,
Sois stoïque à présent. Tu ne veux pas me croire,
Et d'un nouvel amour ton cœur a tressailli.

Penses-y cependant, rapide est la jeunesse,
Et les moments de joie et les jours de tristesse
Coulent sans s'arrêter : telle est la loi du sort.

Bien vite l'on vieillit, sérieux ou frivole;
L'Amour nous promit d'être éternel : il s'envole.
Le réveil est cruel pour les cœurs qu'il endort!

XVI

LA PHILOSOPHIE SELON CONDORCET

Boutade

Un homme est philosophe,— ou croit l'être, du moins,—
Alors qu'il sait parler d'une voix solennelle
De Dieu, de vérité, de pensée éternelle,
Et diviser toujours son sermon en trois points.

« L'homme, dit Condorcet, a de nobles besoins; »
Moi, je sens le besoin, et j'y suis peu rebelle,
De ne pas l'écouter : sa voix sans doute est belle.
Mais il est philosophe, et j'ai bien d'autres soins.

Je fais fi, quant à moi, de la philosophie,
C'est un rêve, un mensonge : au diable qui s'y fie!
Je suis sceptique en tout, sans reproche et sans peur.

Condorcet se peut bien appeler philosophe,
Mais au fond, ce n'est rien qu'un pédant sans étoffe :
Il dit la vérité, j'aimerais mieux l'erreur!

XVII

CARPE DIEM

Bouts-rimés

Qu'un ami de Vénus, à la fleur de ses ans,
Sans penser à l'hiver jouisse du printemps;
Comme un vin généreux, que la belle jeunesse
Berce ses jours charmés par une douce ivresse ;
Qu'arrachant au sommeil ses sens presque assoupis,
De sa jeune maîtresse il cueille le souris.
Je le laisse chanter : le soir plus sombre arrive,
La nuit vient, le jour meurt, la joie est fugitive,
Le temps impitoyable éteindra son ardeur,
Comme un soleil d'été flétrit la tendre fleur.
Il pleurera trop tard ces moments de délices,
Et ces trésors perdus en d'insensés caprices;
Le poète à vingt ans peut bien chanter Tibur,
Mais adieu les amours quand son âge plus mûr

A ses membres ravit l'éclat de la jeunesse!
Vers un plus noble but que mon labeur s'adresse,
Et si je ne dois point égaler ces héros,
Dont les siècles surpris admirent les travaux,
Bravant le temps qui fuit et la mort envieuse.
Puisse dans le travail couler ma vie heureuse,
Puissé-je, sans soucis, et content de mon sort,
Vivre en aimant la vie et sans craindre la mort!

XVIII

AUTRES BOUTS-RIMÉS

Ondulez, épis,
Souffle, doux zéphire,
Soleil, viens sourire
Aux chansons des nids.

Aux lèvres vermeilles
De vos gais enfants,
Cueillez, chers parents,
Des baisers d'abeilles.

Réveillez, oiseaux,
D'un joyeux murmure,
Les champs, la verdure,
Les graves troupeaux.

XIX

SUR L'APPARITION D'UN NOUVEAU JOURNAL

Un enfant vient de naître : assez laid, marchant mal :
Il est borgne d'un œil et de l'autre il est louche ;
Et je ne voudrais pas l'embrasser sur la bouche ;
Mais, en revanche, il sait brailler : c'est un journal.

Il promet du nouveau : mais d'un ton si banal,
Que je n'en puis rien croire, et que rien ne me touche,
A moins que la souris de montagnes n'accouche.
Pauvre lampion fumeux qui se croit un fanal !

Plus d'un pourtant, charmé du journal et du titre,
Exhume les écrits cachés dans son pupitre :
Humble hier, il se croit un grand homme aujourd'hui.

Enfant chétif, demain tu mourras de vieillesse.
Tant mieux ! Il est en France encor de la jeunesse :
On veut la faire vivre : on la tûrait d'ennui !

XX

BILLET SANS ADRESSE

Si j'étais le ruisseau, dont l'onde fugitive
S'égare et se complaît en folâtres détours,
Lorsque vous vous penchez, rieuse, sur la rive,
Pour mirer vos beaux yeux au cristal de son cours :

Si j'étais le zéphyr, dont le souffle t'arrive,
Lorsque, pour t'abriter de la chaleur des jours,
A l'ombre des ormeaux tu viens t'asseoir pensive :
Je saurais, belle enfant, te dire mes amours.

Et vous écouteriez ou l'onde harmonieuse,
Ou les soupirs du vent et sa voix amoureuse :
Votre cœur lentement se sentirait charmer.

Eh bien! puissent ces vers que mon âme soupire,
Vous apprendre l'amour, et j'oserai vous dire :
Ne m'aimeras-tu pas, quand tu sauras aimer?

XXI

A M. X***

Votre front gracieux de jeunesse rayonne :
Une aimable assurance, un charmant embarras,
De fierté, de candeur vous font une couronne ;
Votre regard est doux comme un rayon d'automne ;
— Je le sais ; et pourtant je ne vous connais pas.

Lorsque sur le chemin celle qu'on aime passe,
On cherche à retrouver l'empreinte de ses pas ;
Vous aussi, dans les cœurs vous laissez une trace,
Qu'on garde, qu'on chérit, qui jamais ne s'efface :
— Je le sais ; et pourtant je ne vous connais pas.

Vous parlez : votre voix, où la grâce respire,
Est douce, comme au soir le parfum des lilas ;
Pour nous charmer deux fois, vous savez d'un sourire
Embellir cet esprit qu'on aime et qu'on admire ;
— Je le sais ; et pourtant je ne vous connais pas.

Jeune, vous préludez aux luttes de la vie
Par les jeux du collége et ses brillants combats :
Mais, semblable au rosier qui sous les boutons plie,
Vous promettez déjà la récolte fleurie,
— Je le sais ; et pourtant je ne vous connais pas.

Vous savez d'un ami consoler la tristesse,
Comme un souffle plus doux embellit les frimas ;
L'horizon s'éclaircit pour lui ; sa douleur cesse ;
Il croit à l'avenir devant votre jeunesse ;
— Je le sais ; et pourtant je ne vous connais pas.

Voudrez-vous écouter celui qui vous demande
Une part d'amitié ; qui ne vous offre, hélas !
Qu'un cœur prêt d'obéir, quand un ami commande ?
Mon mérite est petit, et la faveur est grande ;
— Je le voudrais savoir : — mais je ne le sais pas.

———

XXII

COMPLIMENT DU NOUVEL AN

A M. X***

C'est la règle qu'un fils, au premier jour de l'an,
Ému, bien que joyeux, vienne embrasser son père,
Et celui-ci, prenant cette tête si chère,
Donne un tendre baiser au front de son enfant.

L'ami, qui ne sait pas faire un long compliment,
Bien écrit, débité de la belle manière,
Va trouver son ami, lui prend la main, la serre,
Et leurs cœurs se sont dit tout en un seul moment.

Ta douce affection me soutient, me console,
Dans nos chers entretiens ma tristesse s'envole,
Je sens se réveiller mon espoir endormi :

Et pourtant j'ai connu les chagrins de la vie;
Viens m'offrir aujourd'hui, pour que je les oublie,
Le front comme à ton père, et la main pour l'ami !

XXIII

A MON AMI R. FRARY

Oui, je flotte incertain, et d'erreur en erreur,
Sans jamais s'arrêter, mon esprit se promène ;
Comme le papillon, dans ma recherche vaine,
Je vais éparpillant mon aile à chaque fleur.

Ainsi mon faible esprit se fatigue, et mon cœur
Appelle en soupirant une image incertaine ;
Il se débat, captif dans son étroit domaine, —
Je souffre, et cependant, je veux croire au bonheur !

Ah ! je voudrais trouver, pour ma barque qui flotte,
Sans mâts, sans gouvernail, un fidèle pilote,
Un ami qui prendrait de mon cœur la moitié !

Toi dont l'esprit m'impose, et cependant m'attire,
Écoute-moi : tremblant, ému, je viens te dire :
« Puisque tu me connais, veux-tu mon amitié ? »

XXIV

FRAGMENT

Que ne suis-je le doigt si blanc
Qui dans tes noirs cheveux se joue,
Et les courbant légèrement
Forme des boucles sur ta joue !

Que ne suis-je le pied mutin,
Dont la provoquante finesse,
Sous son vêtement de satin
Laisse deviner la déesse !

XXV

L'ENFANT AU BERCEAU

OU

LES DEUX VOIX

A ma Mère

LE GÉNIE DE L'OR.

Aujourd'hui, faible et nu, sans ce toit protecteur,
Sans les soins maternels, périrait ton enfance;
Mais l'oiseau qui grandit confie avec bonheur
Son aile au vent propice et loin du nid s'élance.

L'ANGE GARDIEN.

Sous ce paisible abri reste, reste longtemps,
Prends garde que l'orgueil n'égare ta jeunesse,
Et que, bravant trop tôt la fureur des autans,
Leur souffle impétueux ne brise ta faiblesse.

LE GÉNIE DE L'OR.

Il n'est qu'une science, enfant, c'est de jouir ;
Aux fêtes des heureux apprends l'art de la vie,
Nos jours seraient flétris sans l'attrait du plaisir,
Son nectar est bien doux, et la coupe est remplie.

L'ANGE GARDIEN.

Non, non, tu n'es point fait pour un lâche repos,
En vain la volupté te promet ses délices,
Ses charmes sont trompeurs et ses biens sont des maux :
Que ta vie ait pour loi : Labeurs et sacrifices.

LE GÉNIE DE L'OR.

Si tu veux m'obéir, mes trésors sont à toi :
Qu'importe les moyens, qu'on approuve ou qu'on blâme?
Tu seras riche, et c'est assez, tu seras roi ;
Tu peux tout acheter : on vend jusqu'à son âme.

L'ANGE GARDIEN.

Si tu veux m'obéir, le bonheur est à toi,
Tes jours seront heureux si ta vie est sans tache ;
Mais Dieu punit quiconque est rebelle à sa loi :
La souffrance est au cœur où le remords se cache.

LE GÉNIE DE L'OR.

Regarde : cet habit tout brillant de splendeur,
Cet or étincelant qui couronne ma tête,
Si tu te sens rempli d'énergie et d'ardeur,
Ami, travaille, et tout deviendra ta conquête.

L'ANGE GARDIEN.

Regarde, si ma voix ne parle pas en vain :
Cette pure lumière, enfant, qui m'environne,
Tel est le vêtement qu'ignore l'œil humain,
Mais que voit le Seigneur, dont le juste rayonne.

Ils s'envolaient, et lui, sorti de son sommeil,
N'entendit plus leur voix, ne vit plus leur lumière ;
Mais un visage ami sourit à son réveil :
L'enfant crut voir encor l'ange : c'était sa mère.

XXVI

LE RAYON DE SOLEIL

A mon Ami A. de Saint-Hilaire

Un prisonnier, au fond de sa cellule obscure,
Traînait péniblement le fardeau de ses fers,
Mêlait, dans sa pensée, au deuil de la nature,
Son deuil, les maux présents, les maux déjà soufferts.

Puis, lorsque le geôlier revenait à son heure
De sa frêle existence apporter le soutien :
« Parlez-moi, disait-il ; car, avant que je meure,
Il me semble déjà que je ne sens plus rien. »

Le geôlier était bon : mais la règle sévère
Sur sa lèvre enchaînait sa voix ; et le captif,
Au milieu des humains, exilé, solitaire,
Était comme jeté sur un lointain récif.

Alors, il retombait plus triste sur sa couche:
Il avait un moment espéré le bonheur :
Il se sentait saisi d'un désespoir farouche :
La nuit de sa prison envahissait son cœur.

Et puis, il s'écriait d'un accent de prière :
« Oh ! si je ne puis plus rêver la liberté,
Que mon regard revoie une fois la lumière ;
Que le soleil m'éclaire en mon obscurité !

» Car mes yeux vainement se fatiguent dans l'ombre:
Et, la nuit redoublant les horreurs de mon sort,
Chaque jour, chaque instant rend mon esprit plus sombre;
J'appelle chaque jour le repos de la mort ! »

Mais il voit, soulevant sa paupière alourdie,
Sa prison s'éclairer sous un rayon joyeux :
Dans tout son être, il sent se ranimer la vie :
Et l'hymne de son cœur est monté vers les cieux !

Et je suis ce captif qu'éprouve la souffrance :
J'ai langui de longs jours dans ma triste prison :
Mais, mon cœur vous le dit dans sa reconnaissance,
Votre amitié fut le rayon.

FIN

TABLE DES MATIÈRES

VERSAILLES — IMPRIMERIE CERF, 59, RUE DU PLESSIS

www.ingramcontent.com/pod-product-compliance
Ingram Content Group UK Ltd.
Pitfield, Milton Keynes, MK11 3LW, UK
UKHW021309190726
13839UKWH00007B/550

9 782329 469690